SOUVENIR DE L'AMOUR

CHRYSIS

DU MÊME AUTEUR
CHEZ POCKET

MILLE FEMMES BLANCHES
LA FILLE SAUVAGE
MARIE-BLANCHE
SOUVENIR DE L'AMOUR
(CHRYSIS)

ESPACES SAUVAGES
MON AMÉRIQUE

JIM FERGUS

SOUVENIR DE L'AMOUR

CHRYSIS

Traduit de l'anglais (États-Unis)
par Sophie Aslanides

Édition revue et augmentée par l'auteur

CHERCHE MIDI

Titre original :
CHRYSIS
Ce titre a précédemment paru sous le titre Chrysis

MIXTE
Papier issu de sources responsables
FSC® C003309
FSC
www.fsc.org

Pocket, une marque d'Univers Poche,
est un éditeur qui s'engage pour la préservation
de son environnement et qui utilise du papier fabriqué
à partir de bois provenant de forêts gérées
de manière responsable.

ISBN : 978-2-266-27666-5

À Isabella

C'est que la sensualité est la condition mystérieuse, mais nécessaire et créatrice, du développement intellectuel. Ceux qui n'ont pas senti jusqu'à leur limite, soit pour les aimer, soit pour les maudire, les exigences de la chair, sont par là même incapables de comprendre toute l'étendue des exigences de l'esprit. De même que la beauté de l'âme illumine tout un visage, de même la virilité du corps féconde seule le cerveau. La pire insulte que Delacroix sût adresser à des hommes, celles qu'il jetait indistinctement aux railleurs de Rubens et aux détractons d'Ingres, c'était ce mot terrible : eunuques !

Mieux encore : il semble que le génie des peuples, comme celui des individus, soit d'être, avant tout, sensuel. Toutes les villes qui ont régné sur le monde, Babylone, Alexandrie, Athènes, Rome, Venise, Paris, ont été, par une loi générale, d'autant plus licencieuses qu'elles étaient plus puissantes, comme si leur dissolution était nécessaire à leur splendeur.

Pierre Louÿs, *Aphrodite : Mouers antiques*

Avant-propos

Pendant l'été 2007, un an avant le décès de ma compagne, Mari Tudisco, je l'emmenai en Allemagne consulter, dans une clinique bavaroise réputée, un spécialiste du cancer. C'était une de ces institutions privées très fermées, à l'ambiance feutrée et aux murs couverts de lierre, où les célébrités et les nantis vont discrètement chercher un traitement miracle qu'ils ne trouveraient nulle part ailleurs. Ainsi, avant ce moment de l'été suivant, où, dans un ultime soupir héroïque, Mari rendit l'âme dans un établissement de soins palliatifs, elle essaya tout, des chimiothérapies encore au stade des essais cliniques, aux approches holistiques, en passant par les soins d'un chaman huichol censé avoir des dons de guérisseur.

Cet été 2007 serait notre dernier bel été, le dernier voyage que nous ferions ensemble en Europe. Mari était encore assez vaillante et, bien qu'elle sût, au fond de son cœur, qu'elle était condamnée, elle n'avait rien perdu de cette extraordinaire *joie de vivre**[1] qui la

1. Les termes en italique suivis d'un astérisque sont en français dans le texte. *(N.d.T.)*

caractérisait ; elle savourait pleinement la vie dans le rire et l'amour comme elle l'avait toujours fait, comme si chaque jour pouvait être le dernier. « Nous devons accepter les déceptions passagères, mais conserver l'espoir pour l'éternité », a dit Martin Luther King.

La consultation à la clinique allemande ne contribua guère à nourrir nos espoirs ; on nous dit que Mari devait poursuivre le protocole tel qu'il lui avait été prescrit par ses médecins aux États-Unis, qu'ils faisaient tout ce qui était possible, étant donné le stade avancé de sa maladie. Nous retournâmes à Nice, où était restée Isabella, la fille de Mari, alors âgée de 16 ans, pour y faire un stage de tennis.

Le lendemain, Mari et moi partîmes nous promener sur le vieux port de Nice, flâner chez les antiquaires et dans les galeries, un de nos passe-temps favoris depuis toujours. Nous nous étions rencontrés six ans auparavant dans un magasin d'antiquités de Tucson, dans l'Arizona. Nous entrâmes dans une de ces boutiques : elle était encombrée, en désordre et poussiéreuse, comme l'est souvent ce genre d'endroits. Je sens encore l'odeur de moisi qui y régnait, je vois encore la pénombre des lieux, le fatras de vieux objets attendant qu'on leur offre une nouvelle vie, les grains de poussière flottant mollement dans les rayons du soleil qui parvenaient à traverser les vitres encrassées. Mes souvenirs de ce jour-là sont si précis. C'est à la fois la joie et la douleur de cette vie d'écriture – réveiller nos fantômes pour les amener sur ces pages où ils survivront à jamais.

Voilà que Mari s'arrête devant un tableau posé sur le sol, appuyé contre les pieds d'un vieux fauteuil de jardin en fer forgé couvert de rouille. Il n'a pas de cadre, ses bords sont effilochés et il est abîmé par endroits.

« Jim, viens voir ça », dit-elle. Lorsque je la rejoins, elle soulève le tableau, le pose sur l'assise du fauteuil et fait un pas en arrière pour l'examiner. Mari est elle-même une artiste de talent et elle a un goût esthétique très sûr.

« J'adore ce tableau. Pas toi ?

— Oui, moi aussi.

— Je crois que l'artiste était jeune lorsqu'elle l'a peint, dit-elle.

— Comment le sais-tu ?

— Il s'en dégage une telle impression de joie et d'innocence. Il respire la vivacité de la jeunesse, l'émerveillement. Tu ne le vois pas ?

— Je vois surtout un groupe de gens nus qui s'amusent bien ! dis-je en riant.

— Oui, exactement ! »

J'examine le dos du tableau ; une étiquette est épinglée sur le châssis, indiquant le prix et les mentions suivantes : *« Orgie », Chrysis Jungbluth, vers 1925.* Et, en dessous :

JUNGBLUTH, Chrysis.
Boulogne-sur-Mer, 23 janvier 1907 –

« Eh bien, si la date est correcte, tu as raison sur un point. Elle avait à peu près 18 ans lorsqu'elle a peint ce tableau.

— Est-ce que nous avons les moyens de l'acheter ? » demanda Mari.

Aux États-Unis, on découvre rapidement, lorsqu'on est confronté à une longue maladie incurable, la terrible insuffisance de son assurance santé et le coût exorbitant d'une lente agonie.

« Je suis désolé, chérie, mais en ce moment, je ne peux pas. »

Mari me sourit gentiment.

« Bien sûr. Je comprends. »

Nous retournâmes aux États-Unis ; Mari reprit ses traitements, et sa route sur le long chemin jalonné de souffrances qui nous conduit tous à l'état de cendres, de poussière. Quelques semaines plus tard, je tombai sur la carte de l'antiquaire de Nice ; je me souvins du tableau et du plaisir que Mari avait eu à le contempler. Nous faisons parfois des choses extraordinaires, nous collectionnons des fétiches ; peut-être espérons-nous en secret qu'ils renferment des propriétés magiques capables de lever la condamnation qui pèse sur ceux que nous aimons et de les maintenir en vie. Sans plus réfléchir, j'appelai le propriétaire du magasin d'antiquités et je lui demandai s'il avait toujours le tableau de Jungbluth. Oui, dit-il, il l'avait encore. Je lui fis parvenir l'argent et il m'envoya la toile chez moi aux États-Unis. Je la fis restaurer et encadrer par un professionnel.

Un soir, pendant les vacances de Noël, alors qu'Isabella était partie passer la nuit chez une cousine, j'offris le tableau à Mari – le dernier cadeau de Noël que je lui ferais. Elle était très affaiblie, frêle et amaigrie, mais elle avait gardé son côté enfantin. Toute sa vie, Mari avait respiré cette joie, cette innocence et cet émerveillement qu'elle avait perçus la première fois qu'elle avait admiré le tableau. Et quand je le déballai devant elle, son visage s'éclaira, j'y lus tout l'espoir et la foi en l'avenir que la vie peut offrir. « Tu l'as acheté, finalement ! » s'écria-t-elle.

Mari contempla le tableau pendant un long moment. « Je veux que tu le gardes, pour le moment, dit-elle enfin. Et après ma mort, je voudrais qu'il revienne à Isabella.

— Bien sûr, il est à toi, et ensuite, il sera à elle, répondis-je. Mais juste par curiosité, pourquoi une mère voudrait-elle que sa fille de 16 ans possède un tableau qui représente une orgie ?

— Je vais t'expliquer, dit Mari. Tu sais très bien que j'ai toujours eu un peu honte de mon corps, une gêne au moment de le montrer, un complexe avec ma propre nudité. Je ne veux pas que Bella soit ainsi. Je veux qu'elle se sente aussi libre dans son corps que les femmes de ce tableau. Regarde-les, la pudeur leur est si étrangère. J'adore ça ! C'est ce que je veux pour ma fille, je veux qu'elle éprouve la même liberté, qu'elle se sente à l'aise dans sa peau. »

Mari mourut sept mois plus tard et, trois semaines après son décès, Isabella entra en dernière année au lycée. Le père biologique de Bella avait disparu lorsqu'elle avait 9 ans et Mari avait fait de moi le tuteur légal de sa fille. Je m'occupai d'elle cette année-là, avant de l'envoyer à l'université l'automne suivant.

Je ne montrai le tableau à Bella qu'à Noël 2009, un an et demi après la mort de sa mère et exactement deux ans après l'avoir offert à Mari. Bella avait alors 18 ans et, à une vitesse fulgurante, elle devenait une jeune femme, avec ses rêves et ses espoirs. Elle aima *Orgie* au premier coup d'œil, tout comme sa mère ce fameux jour à Nice. Je lui expliquai que le tableau lui appartenait désormais, mais que je le garderais jusqu'à ce qu'elle finisse ses études et ait son propre logement.

« Je veux juste qu'une chose soit claire, Bella, dis-je.

Ta maman ne voulait pas que tu aies ce tableau pour t'encourager à participer à des orgies ! »

Et je lui rapportai ce que Mari m'avait dit.

Une fois repartie dans le Vermont, après les vacances, Isabella m'appela un après-midi. Elle avait été sélectionnée pour écrire un essai sur un sujet de son choix, qu'elle lirait devant tout le monde – les étudiants, les enseignants et les doyens. Elle avait décidé que ce serait sur le tableau, *Orgie*, et les raisons pour lesquelles sa mère voulait qu'elle en hérite. Elle m'interrogea sur l'artiste et la date de l'œuvre. J'étais occupé à terminer un roman qui aurait dû être fini depuis longtemps, mais j'avais pris du retard avec la maladie et le décès de Mari, et mon propre deuil ; pendant plusieurs années, mes capacités créatives avaient été réduites à néant. Je n'en savais guère plus sur Chrysis Jungbluth qu'au moment où Mari et moi avions découvert *Orgie* chez l'antiquaire niçois. Entre-temps, j'avais trouvé sur Internet des photographies de certains de ses autres tableaux, mais je n'avais pas beaucoup plus d'informations sur sa vie que ce qui figurait au dos d'*Orgie* :

JUNGBLUTH, Chrysis.
Boulogne-sur-Mer, 23 janvier 1907 –

Isabella écrivit un texte magnifique sur sa mère et sur le tableau. Elle a elle-même un incontestable talent d'écrivain, un don pour la poésie ; c'est une jeune femme intelligente, charmante et réfléchie. Mais elle avait toujours été une enfant assez timorée. De ce point de vue, Bella était très différente de sa mère, qui était toujours prête à se lancer dans des expériences nouvelles, des aventures inédites. Mari n'avait cessé de pousser sa fille à se frotter à la nouveauté – la marche en montagne, la baignade en mer, les plats exotiques – mais ses tentatives n'avaient pas toutes été couronnées de succès.

Isabella présenta son texte dans l'auditorium de l'université et, ensuite, elle m'appela pour me raconter.

« Alors, comment ça s'est passé, Bella ?

— Assez bien, je crois.

— Ton texte a-t-il été bien reçu ?

— Ouais, je crois, dit-elle. Quand j'ai eu fini de le lire, j'ai ouvert ma chemise.

— Tu as… quoi ?

— J'ai ouvert ma chemise. Tu vois, à la fin du texte, une fois que j'ai expliqué pourquoi maman voulait que j'aie le tableau, j'ai déboutonné ma chemise et je l'ai ouverte.

— Tu t'es dénudée devant toute l'université ?

— Ouais.

— Et, bien entendu, tu ne portais pas de soutien-gorge ?…

— Ben… c'était tout l'intérêt de la chose, non ? » fit-elle.

Il y eut un long silence, pendant lequel je réfléchis à ce que je venais d'entendre. « Ouah… Bella… dis-je enfin. Ta maman serait tellement fière de toi. »

Ainsi commença mon exploration de la vie de cette jeune artiste appelée Chrysis Jungbluth, découverte par ce tableau intitulé *Orgie*, sur le sol d'un magasin d'antiquités du vieux port de Nice. Et si la première contemplation de l'œuvre avait constitué le germe de ce roman, le geste d'Isabella dénudant sa poitrine devant son université fut le premier bourgeon éclos. Bella avait à peu près le même âge que Chrysis Jungbluth lorsqu'elle avait peint *Orgie*, et plusieurs décennies plus tard, par la voie de l'art, Mari avait présenté ces deux jeunes femmes l'une à l'autre ; d'une certaine façon, je me sentais responsable d'elles.

Je terminai enfin ma longue saga familiale, sept ans après l'avoir commencée. Le tableau, *Orgie*, était accroché dans mon salon et je le regardais tous les jours, essayant d'imaginer la vie de l'artiste. Je commençai à faire des recherches de mon côté, tentant de retrouver la piste de Chrysis, espérant tout au moins trouver une date à mettre après ce tiret suivi d'un blanc. Je fis le voyage jusqu'en France, passai quelques jours à la bibliothèque des Beaux-Arts, à la Bibliothèque nationale et à la bibliothèque de l'Institut national d'histoire de l'art ; je rencontrai des galeristes, des historiens de l'art et, par un jour d'hiver humide et lugubre, je pris le train jusqu'à Boulogne-sur-Mer, la ville où Chrysis était née. Très progressivement, le chemin qu'elle avait parcouru commença à se dérouler devant moi. Je le suivis, et je le suis encore.

Bien que les vrais noms d'un certain nombre de personnages historiques apparaissent dans ce livre, y compris, bien entendu, celui de la jeune artiste appelée Chrysis Jungbluth, ceci est un roman, une fiction, une création, et les personnages décrits sont purement imaginaires.

Jim Fergus
Rand, Colorado,
1er novembre 2012

BOGEY
1916

I

Au printemps 1916, Bogart Lambert dit « Bogey », un jeune homme de 17 ans, quitta le ranch familial dans le nord du Colorado sur un hongre gris pommelé qui portait le nom de Crazy Horse ; il s'en allait en France rejoindre les rangs de la Légion étrangère pour combattre les Huns, les ennemis de la Grande Guerre.

Le père de Bogey, ne voulant pas dire au revoir à son unique fils, était parti tôt ce matin-là, sous prétexte d'aller vérifier l'état d'une vanne d'irrigation dans le pré à foin du haut. Mais sa mère courut après lui, en criant, pour lui donner un petit sachet contenant un sandwich supplémentaire et une part de tarte à la rhubarbe emballée dans du papier sulfurisé. Bogey arrêta Crazy Horse.

« Ton père ne comprend pas pourquoi tu t'en vas », dit sa mère en arrivant à sa hauteur. Dans sa bouche, c'était un simple constat et non une accusation ou un reproche ; elle savait bien que, désormais, rien n'arrêterait son fils. Bogey avait toujours su ce qu'il voulait, depuis qu'il était petit, il avait toujours manifesté une propension à l'indépendance, au romantisme, et une certaine opiniâtreté. Une fois qu'il avait quelque chose en tête, il n'y avait pas moyen de le faire changer d'avis.

« Il ne comprend pas du tout pourquoi tu es si déterminé à partir te battre pour un pays qui n'est même pas le tien.

— Nous avons du sang français, maman, dit Bogey. C'est toi-même qui me l'as dit. Tu m'as toujours dit que mon nom était d'origine française, que "bogart", ça voulait dire "la force de l'arc".

— Notre sang français remonte à trois générations, Bogey. Nous ne connaissons même plus la langue.

— Je l'apprendrai.

— Est-ce que, au moins, tu sais comment y arriver, mon garçon ? fit-elle. Tu sais que tu ne peux pas aller jusqu'en France sur le dos de Crazy Horse, n'est-ce pas ?

— Maman, j'ai fait de la géographie à l'école, dit Bogey. Je me renseignerai à Denver. Je trouverai mon chemin.

— Je n'en doute pas, dit-elle. Mais que feras-tu de Crazy Horse ?

— Je le conduirai aux parcs à bestiaux et je le vendrai, dit Bogey. Je n'aurai pas trop de cet argent pour mener à bien mon projet.

— Avec ton sandwich et ta tarte, il y a, dans ce sachet, quelque chose qui t'aidera peut-être un peu de ce point de vue-là, mon garçon.

— Ne te fais pas de souci pour moi, maman, s'il te plaît. Je me débrouille très bien tout seul. »

Elle hocha tristement la tête. Elle savait bien que c'était vrai.

« Eh bien, au revoir, mon fils. S'il te plaît, n'oublie pas de nous écrire.

— Bien sûr que je le ferai, dit Bogey. Au revoir, maman. »

Il fit faire demi-tour à son cheval, lui donna quelques petits coups de talon dans les flancs pour lui faire prendre un trot confortable. Bogey n'osa pas se retourner vers sa mère, ni vers le ranch, parce qu'il pleurait maintenant à chaudes larmes, à la pensée de quitter le seul univers qu'il ait jamais connu.

II

Depuis deux ans, Bogey Lambert lisait dans *Rocky Mountain News* des articles sur la guerre en Europe. Il achetait des gazettes bon marché à l'épicerie, en ville ; il y découvrait d'épouvantables dessins de soldats allemands gigantesques, au regard méchant, qui enfonçaient leur baïonnette dans le cœur de combattants français beaucoup plus petits, terrassés, sur un champ de bataille jonché de corps ensanglantés. Bogey était à l'âge où l'idée de la guerre paraissait encore terriblement romantique et assez abstraite ; il se voyait en personnage de ces illustrations, débarquer en héros sur son cheval, brandissant à la fois sa lance et son six-coups, décimer les méchants Huns à tour de bras et sauver à lui tout seul le pays de ses ancêtres, la France, des ravages commis par les agresseurs.

Bogey était doué pour l'écriture et, dans son carnet, il consignait les histoires de ses exploits imaginaires, bien qu'il ne sût à peu près rien de la France, rien d'autre que ce qu'il lisait dans les journaux, les illustres et les manuels d'histoire dépassés qu'il trouvait dans la bibliothèque de sa petite ville. Ses histoires étaient des contes parfaitement fantaisistes et, lorsqu'il les relirait de nombreuses années plus tard, après avoir été témoin de l'indescriptible carnage de la Grande Guerre, il se demanderait pourquoi ses parents ne l'avaient pas tout simplement enfermé dans le cellier jusqu'à la fin de son adolescence.

Bogey était un grand garçon mince, aux muscles souples et saillants ; il était fort pour son âge, doué pour capturer les veaux au lasso, pour monter les chevaux sauvages, pour dégainer et tirer plus vite que ses adversaires en concours. L'été, dans les rodéos régionaux et les foires locales du Colorado, du Wyoming et du Montana, il se mesurait à des cow-boys presque toujours plus âgés que lui. C'était un bel athlète et un cavalier hors pair ; il remporta suffisamment de prix pour pouvoir mettre de côté un petit pécule. À ces économies, il ajouta l'argent que lui rapportaient des petits boulots, lorsque son père n'avait pas besoin de lui sur le ranch.

Durant quelques années, quand il était jeune, le père de Bogey avait poursuivi une carrière de boxeur à Denver et il avait commencé très tôt à entraîner son fils. Parfois, des forains plantaient leur chapiteau en ville et un de leurs numéros consistait à proposer des combats avec un professionnel. Un ring était monté et le boxeur se confrontait à tous les volontaires qui se présentaient ; entre le directeur du cirque et les spectateurs, les paris allaient bon train – une occasion supplémentaire d'escroquer les péquenauds du coin. Ces boxeurs sur le retour étaient généralement des hommes grands, costauds, marqués et endurcis par de nombreuses années de métier. Ils manquaient souvent de finesse et ils comptaient sur leur force pure et la puissance de leurs coups pour mettre leur adversaire K-O aussi rapidement que possible. De plus, ils connaissaient tous les coups tordus – les coups bas, le coup du lapin dans les reins, les morsures, le plomb au fond des gants. Et l'arbitre du cirque ne leur infligeait jamais de pénalités.

Le père de Bogey s'asseyait avec son fils dans les gradins et ensemble ils regardaient deux ou trois gars du coin affronter le professionnel ; ils analysaient la performance du boxeur du cirque, identifiaient ses points forts et ses faiblesses. Puis Bogey levait la main et montait sur le ring. Les habitants de la ville, les familles venues des ranchs de la région et les cow-boys l'acclamaient, et avec force clins d'œil et sourires en coin, ils enregistraient leurs paris auprès du directeur du cirque.

Le professionnel commençait le plus souvent par ricaner d'un air méprisant face à la jeunesse de Bogey, sa minceur, son visage enfantin, sans la moindre marque. Il en avait vu beaucoup, de ces jeunes cow-boys effrontés, monter sur le ring pour se mesurer à lui. Il paraissait éprouver une espèce de pitié pour le jeune garçon qui, le sourire aux lèvres, s'approchait au son de la cloche annonçant le premier round. Il allait boucler l'affaire rapidement, sans trop l'abîmer. Il savait qu'il pourrait facilement, d'un coup, le faire éclater en sanglots, ce qui arrivait souvent avec les jeunes gens inexpérimentés qui pensaient qu'ils étaient assez costauds pour affronter un vétéran du métier.

Mais, lorsque le boxeur se mettait en position, Bogey adoptait le fluide jeu de jambes de danseur que son père lui avait appris et tournait autour de lui, restant juste hors de sa portée. Frustré par son incapacité à toucher du poing cette cible mouvante, le professionnel, agacé, finissait par multiplier les assauts, ce qui donnait à Bogey l'ouverture dont il avait besoin pour se rapprocher et asséner à son imposant adversaire une combinaison de coups implacables, avant de reculer en dansant. La foule l'acclamait et le sourire de la brute s'effaçait, remplacé par une expression de confusion et de colère – il avait sous-estimé ce jeune blanc-bec. Il se reprenait ; plus de pitié pour ce jeunot. Il remontait sa garde, avançait sur Bogey à grands pas, lançant des coups dont aucun ne faisait mouche, puisque le garçon restait à distance. Lorsque arrivait le moment opportun, celui où le combattant fatiguait et perdait de son assurance, Bogey se jetait sur lui ; il l'étourdissait d'un violent crochet du gauche dans la tempe, puis lui assénait le coup décisif, un uppercut du droit diablement efficace, et le boxeur professionnel s'écroulait. La foule partisane hurlait, au comble de l'enthousiasme, devant l'exploit de son jeune prodige. De fait, le précoce Bogey Lambert, qui avait commencé à affronter ces professionnels itinérants à l'âge de 15 ans, n'avait jamais été battu et les spectateurs reconnaissants lui avaient toujours donné une part généreuse de leurs gains.

Le père de Bogey l'avait également entraîné au tir de vitesse et, quand il n'était encore qu'un jeune garçon, il lui avait donné un Colt Peacemaker .45 qui avait appartenu au grand-père de Bogey ; celui-ci avait été shérif de Medicine Bow, dans ce qui deviendrait l'État du Wyoming, et il avait perdu la vie dans une bagarre en 1876. « Si tu deviens assez bon à ça, avait dit le père de Bogey, tu n'auras jamais à t'inquiéter, jamais tu ne mourras comme ton grand-père. » Même si l'art du tir de vitesse était un peu tombé en désuétude depuis que le Grand Ouest avait été conquis, des concours étaient encore organisés à l'occasion des foires dans la région ; à ceci près que les concurrents tiraient sur des cibles et non plus sur d'autres hommes. Comme dans la plupart des activités qu'il entreprenait, Bogey montrait là aussi un certain talent et il remporta également quelques sommes d'argent dans ces concours. Il se persuada ainsi qu'il avait, en dehors de ce que lui rapporterait la vente de son cheval adoré, Crazy Horse, un pécule suffisant pour aller jusqu'en France.

Après une chevauchée de quelques heures, Bogey s'arrêta au bord d'une rivière, qui était encore grosse et boueuse de la fonte des neiges printanières, il sortit de sa sacoche de selle le sac en papier que lui avait donné sa mère. À côté du sandwich et du morceau de tarte à la rhubarbe, il trouva une petite bourse en cuir, qui contenait une épaisse liasse de petites coupures. Il les compta et parvint à un total de 133 dollars, ce qui lui parut être un montant colossal. Sa mère était la maîtresse de la classe unique de l'école et il savait qu'il s'agissait d'argent qu'elle avait mis de côté, année après année, et qu'elle avait prélevé sur son maigre salaire, « une poire pour la soif », comme elle disait. À l'idée qu'elle lui avait donné les économies de toute une vie pour qu'il puisse réaliser ses rêves insensés, alors qu'elle ne les approuvait pas, Bogey se remit à pleurer. Il se demanda s'il ne valait pas mieux, tout simplement, faire demi-tour et rentrer au ranch ; ses parents seraient si heureux de le voir, si contents qu'il revienne.

Assis sur la berge de la rivière, il mangea son sandwich et son morceau de tarte. À côté de lui, Crazy Horse broutait les nouvelles pousses d'une tendre herbe verte. Lorsque Bogey finit son déjeuner, il remonta en selle et, pendant un long moment, resta immobile. Il était si sûr de lui, ce matin, lorsqu'il était parti. Mais maintenant, il avait peur, il voulait seulement rentrer à la maison. Il se rendit compte qu'il n'était pas vraiment un dur, comme il le pensait, et il savait que la décision qu'il allait prendre, quelle qu'elle soit, changerait inéluctablement le cours de sa vie, qu'il serait ensuite impossible de revenir en arrière. Alors il resta là, assis sur le dos de Crazy Horse, pendant un très long moment, à réfléchir.

Finalement, il hocha brièvement la tête et remonta le col de son long manteau en coton huilé ; l'air était encore frais en altitude à cette époque de l'année. Il fit reprendre à Crazy Horse la direction du sud, vers le col entre Medicine Bow et Never Summer Mountains, par lequel il descendrait jusqu'à Fort Collins et, de là, il pourrait rejoindre Denver. La neige n'avait pas encore fondu sur les plus hauts sommets des montagnes, mais en contrebas les pentes commençaient à verdoyer. Bogey savait qu'il se passerait peut-être beaucoup de temps avant qu'il ne revoie son pays et il essaya de s'imprégner de l'immensité grandiose du paysage, de la graver dans sa mémoire pour pouvoir l'emporter avec lui partout où il irait, pour qu'elle l'accompagne tout au long des événements qui l'attendaient. Il poursuivit son chemin vers le col. Il ne verserait plus une larme.

III

Bogey se rendit à Fort Collins pour faire enregistrer Crazy Horse à la prochaine vente aux enchères. Il remplit les formulaires et le gérant lui annonça que son cheval resterait en pension chez lui pendant une semaine, de manière que les acheteurs potentiels puissent l'examiner. Bogey s'installa dans une maison d'hôtes toute proche ; il se rendait aux écuries tous les jours pour voir son protégé, lui donner des pommes ou des carottes. « Tout va bien, mon vieux, chuchotait-il à son oreille. Tu vas avoir une belle vie dans un joli ranch quelque part, où tu feras tout ce que tu aimes – rassembler le bétail, saillir des juments… Tout va bien se passer », répétait-il, autant pour se convaincre lui-même que pour en persuader son cheval.

Le matin de la vente, Bogey se leva tôt pour être parmi les premiers à prendre place dans les gradins autour de la carrière. Son cheval était le cinquième sur la liste, et lorsqu'un des garçons d'écurie l'amena sur la piste, Crazy Horse fit un écart, lançant des coups d'œil affolés et secouant la tête en tous sens. « Allez-y doucement, avec ce cheval ! cria Bogey depuis la tribune. Il ne résistera pas si vous lui laissez du mou. »

Mais le lad ne prêta pas attention à son conseil et resserra sa prise sur la longe.

Instantanément, Bogey bondit, descendit les gradins et sauta par-dessus la barrière. « Je vous ai dit d'y aller doucement, répéta-t-il en s'approchant du garçon d'écurie ; le regard de Crazy Horse s'apaisa à la seconde où il vit son maître. Vous ne voyez donc pas que vous le rendez nerveux ?

— Fiston, t'as pas le droit d'être là, dit le commissaire-priseur. Sors du manège. Tout de suite.

— J'ai changé d'avis, dit Bogey. Ce cheval n'est plus à vendre.

— C'est bien trop tard. T'es pas le premier à avoir le remords du vendeur, crois-moi, mais t'as signé les papiers.

— Donnez-moi cette longe, dit Bogey au lad.

— Je ne peux pas faire ça, gamin.

— Bien sûr que si, m'sieur, fit Bogey.

— Sortez-moi ce garçon », cria le commissaire-priseur à l'intention des trois autres cow-boys installés tranquillement sur la barrière, en train de fumer tout en contemplant la scène avec un petit sourire amusé. Mais avant même que les hommes aient le temps de descendre de leur perchoir, Bogey avait collé son poing dans la figure du lad. Tandis que l'homme s'écroulait, Bogey saisit la longe. « Vraiment désolé, m'sieur », dit Bogey, qui était un garçon poli – mais le garçon d'écurie était inconscient avant même de toucher le sol.

Bogey sauta d'un bond sur le dos de Crazy Horse comme il l'avait fait des milliers de fois, et le tenant seulement par la longe attachée au licol, il partit vers la barrière opposée. Crazy Horse la franchit d'un saut impressionnant qui provoqua une exclamation de surprise de la part des spectateurs. Un vieux rancher ne put s'empêcher de remarquer : « J'aurais bien aimé faire une offre sur cette bête-là. »

Bogey quitta les lieux au galop et ne s'arrêta qu'une fois arrivé à la pension, où il sella Crazy Horse. Heureusement il n'avait pas pu se résoudre à vendre son équipement. Il attacha ses sacoches et son paquetage. Il venait de se rendre compte tout à coup que son cheval était tout ce qui lui restait de son ancienne vie sur le ranch familial et qu'il n'arriverait jamais à renoncer à lui, et il prit soudain une décision : au lieu de voyager en train, il allait traverser le pays sur le dos de Crazy Horse jusqu'à New York. Bogey partait pour un voyage de plus de trois mille kilomètres, qui lui prendrait quatre-vingt-trois jours et nécessiterait dix ferrures pour Crazy Horse. Au cours de la première partie de ce long trajet, Bogey trouva un certain réconfort à suivre la North Platte River à travers le Nebraska, parce qu'elle prenait sa source dans les montagnes de son pays natal, et il s'imaginait, en chevauchant, qu'il était un des éléments naturels de l'eau qui coulait à ses côtés, elle venait du même endroit, elle allait dans la même direction, vers la mer.

Bogey n'avait jamais auparavant quitté l'ouest des États-Unis et, à mesure qu'il progressait vers l'est, les montagnes s'éloignaient, jusqu'au moment où, lorsqu'il se retourna sur sa selle pour leur jeter un dernier regard, il s'aperçut qu'elles avaient disparu. Ce fut alors un long voyage solitaire à travers le cœur de l'Amérique, depuis le Nebraska, par le sud de l'Iowa, le centre de l'Illinois, l'Indiana, l'Ohio, la Virginie-Occidentale et la Pennsylvanie. Bogey évitait les villes ; il trouvait en chemin un endroit pour dormir à la belle étoile.

ou acceptait l'hospitalité d'habitants accueillants dans la campagne environnante ; ils lui offraient parfois un repas chaud et un lit, ou lui permettaient, au moins, de dormir dans leur grange.

Lorsque Bogey atteignit enfin l'État de New York à la fin du mois d'août, il se renseigna aux portes de la ville et trouva un homme qui possédait un camion et une remorque à chevaux ; celui-ci accepta de le conduire jusqu'au port à condition que Bogey lui rembourse son carburant. Là, le jeune homme espérait trouver un cargo qui les transporterait, lui et son cheval, de l'autre côté de l'océan.

Bogey n'avait jamais vu la mer et il la trouva encore plus vaste que ce qu'il avait imaginé ; l'immensité de la ville l'intimidait aussi. Comme il était d'une nature plutôt réservée, il avait appris à garder ses réflexions pour lui, à être toujours vigilant et patient. Il était ainsi capable de se replier sur lui-même et de regarder cette ville étrange, grouillante et sale, sans troubler son havre de paix intérieure, avec une certaine froideur et une certaine objectivité.

Dans une écurie sur le port, Bogey loua une stalle pour Crazy Horse et, pour lui, une chambre dans une pension voisine, qui se trouvait à côté d'une maison close fréquentée par les marins de passage. Chaque jour, il allait à la capitainerie pour consulter la liste des navires entrants et sortants affichée sur un panneau, et pour se renseigner sur ceux qui partaient à destination de la France. Il espérait trouver bientôt un moyen de faire la traversée, parce que le coût de son logement ajouté à celui de la pension de Crazy Horse allait rapidement peser. Mais les trajets et les fréquences des lignes maritimes françaises avaient été considérablement perturbés par les attaques perpétrées par les sous-marins allemands qui sillonnaient l'Atlantique. En outre, de nombreux navires-cargos et bateaux de ligne avaient été réquisitionnés par le gouvernement français au nom de l'effort de guerre. Les arrivées et les départs étaient irréguliers et peu fiables, et certains navires qui quittaient les ports d'un côté de l'océan n'arrivaient jamais à destination.

La chambre que Bogey occupait à la pension n'était guère tranquille, à cause des activités nocturnes chez Mona, la maison de passe voisine. C'était un lieu très bruyant, fréquenté par des matelots excités qui, pendant des semaines, voire des mois, avaient été privés de la compagnie des femmes. À toute heure, on pouvait entendre une musique entraînante ; on buvait, on dansait, on riait et on braillait, on baisait et on se battait.

Pendant l'été de sa quinzième année, alors que Bogey participait à un rodéo à Cheyenne, certains de ses amis plus âgés l'avaient emmené dans un lieu similaire. À la différence près que les clients étaient des marins et non pas des cow-boys, et que les plaines du Wyoming étaient remplacées par l'océan à New York, l'endroit était le même. Bogey était encore puceau à cette époque-là ; ses amis cow-boys l'avaient compris d'instinct et ils n'avaient cessé de le taquiner sur ce sujet. Mais les filles du bordel l'aimaient bien parce qu'il les traitait avec respect et même une certaine considération ; en plus, il était joli garçon, doux, tendre et curieux lorsqu'il explorait leur corps, découvrant le sien, par la même occasion, et les innombrables plaisirs de l'érotisme.

Chaque matin, après être allé à la capitainerie voir la liste des bateaux, Bogey se rendait aux écuries et faisait avec Crazy Horse une promenade sur les quais et dans la campagne. Lors de ces sorties, il passait souvent à côté de sa pension. La maison de Mona était calme à cette heure-là – enfin. La plupart des filles étaient encore endormies ou à peine levées ; certaines étaient réveillées par le claquement des sabots sur les pavés et, lorsqu'elles regardaient par la fenêtre, elles avaient une impression assez favorable du beau et jeune cow-boy sur son cheval. Il en avait autant à leur égard.

Un matin, une jeune femme sortit par la porte de derrière et lui fit signe au moment où il passait. Elle était jolie, sa chevelure était d'un magnifique blond vénitien et son corps très menu. Bogey se dit qu'elle devait avoir à peu près son âge. Il s'arrêta et effleura le bord de son chapeau. « Mes hommages, mademoiselle. »

Ses manières de cow-boy firent sourire la jeune fille.

« Ma mère aimerait savoir si vous voulez entrer pour manger un morceau et boire une tasse de café avec nous, demanda-t-elle.

— C'est très gentil, mademoiselle, répondit Bogey. Puis-je vous demander qui est votre mère ?

— Mona, la propriétaire, dit la jeune fille. Je m'appelle Lola. Quel est votre nom, cow-boy ?

— Bogart Lambert, mais d'habitude, on m'appelle "Bogey". »

Elle sourit.

« D'accord pour Bogey, dit-elle. De toute manière, ici, on ne s'appelle que par nos prénoms. »

Bogey hocha la tête. Sa brève expérience à Cheyenne lui avait appris que, dans les maisons de passe, on observait une certaine étiquette. Il descendit de cheval, attacha Crazy Horse et suivit Lola qui entra dans la maison. Cinq autres filles, plus ou moins dévêtues, et le visage encore marqué par le sommeil, étaient assises autour de la table de la cuisine et buvaient du café. Une femme robuste, à la croupe imposante, Mona en personne, était debout devant les fourneaux et préparait des œufs au bacon. Elle se retourna en s'essuyant les mains sur son tablier lorsque la jeune fille et Bogey entrèrent. Il ôta son chapeau de cow-boy.

« Puis-je vous offrir un petit déjeuner, jeune homme ? demanda-t-elle.

— Je l'ai pris il y a déjà quelques heures, madame, répondit Bogey. Mais je serais heureux de manger un peu de ce que vous me servirez, cela me tiendra lieu de déjeuner. »

Pendant ces mois sur la route, Bogey avait appris à ne jamais refuser un repas qu'on lui offrait.

Mona rit.

« Qu'il vous tienne lieu de ce que vous voudrez, jeune homme, dit-elle, en retournant à ses poêles. Asseyez-vous, mettez-vous à l'aise. Lola, sers donc à ce jeune homme une tasse de café. »

Les filles lui firent de la place à la table et Bogey s'assit. Il sourit et parcourut les convives du regard, en proie à l'inévitable frisson d'excitation sexuelle que peut éprouver un adolescent. Toutes ces filles, se dit-il avec ravissement. Toutes l'observaient d'un air curieux, un peu amusé.

« Je m'appelle Honey, dit l'une.

— Moi, Clara, dit une autre.

— Ginger.

— Violet.

— Nellie.

— Les filles, il s'appelle Bogey, dit Lola avec un petit rire taquin. Vous voyez, comme le Bogeyman[1].

— Vous pouvez aussi m'appeler Bogart, dit-il. C'est mon vrai nom. Ravi de vous rencontrer, mesdemoiselles.

— C'est un nom très surprenant, Bogart, fit Mona.

— C'est un vieux nom français, madame, dit Bogey avec fierté. Un nom de famille.

— On reçoit un nombre considérable de clients français quand leurs bateaux jettent l'ancre. Pour ma part, j'ai toujours aimé les Français. Ils sont plus romantiques que les Allemands, les Suédois ou les Américains, et ils traitent mieux les filles que les Italiens et les Espagnols. Dans ce métier, on apprécie les gentlemen, Bogart. Au fait, appelez-moi Mona.

— Oui, madame. Enfin… oui, Mona.

— Je vous observe depuis que vous êtes arrivé dans le quartier, dit-elle en préparant les assiettes. Je vois, à la manière dont vous vous comportez, que vous êtes un jeune homme fiable et un gentleman. J'imagine que vous attendez un bateau ; d'ici votre départ, je suis prête à vous offrir un emploi, si le cœur vous en dit.

— Sincèrement, j'en serais heureux. Un salaire serait le bienvenu, dans l'attente d'un navire. Et quel genre d'emploi offrez-vous, si vous me permettez de vous le demander, madame ?

— Nous avons récemment perdu notre videur, dit Mona. Un grand Roumain, peut-être l'avez-vous vu par ici ; il se faisait appeler Vlad. Il nous a quittées sans préavis pour se faire embaucher sur un bateau en partance pour le Brésil. Vous êtes un voisin proche et

1. Le père Fouettard. *(N.d.T.)*

vous avez certainement remarqué que l'ambiance peut parfois tourner au chahut. Il nous est indispensable d'avoir un homme fort sur place pour faire respecter les règles.

— Et quelles sont-elles, Mona ? demanda Bogey.

— Sont interdits : les bagarres, les insultes, les vomissements et, surtout, il est interdit de faire du mal aux filles, dit Mona. Il est vrai que vous n'êtes physiquement pas aussi impressionnant que Vlad et que votre nom n'est pas aussi intimidant. Néanmoins votre personnage de cow-boy jouera en votre faveur et vous êtes un grand gars, on dirait bien que vous êtes capable de vous tirer d'affaire en cas de difficulté. Est-ce une place que vous pensez pouvoir occuper, jeune Bogart ?

— Eh bien, oui, madame, je crois que je pourrais faire ce travail. J'ai une certaine expérience de la boxe et j'ai un six-coups avec lequel je suis assez habile, si vous me permettez de me vanter ainsi.

— La boxe est un atout utile, je le reconnais, dit Mona, qui fit passer les assiettes garnies autour de la table, mais nous évitons le recours aux armes à feu. Face aux clients récalcitrants, l'approche privilégiée par Vlad consistait à leur arracher un morceau d'oreille, ce qui avait un effet dissuasif efficace en cas de comportements violents, mais c'était assez salissant.

« En ce qui concerne votre rémunération, elle se composera de trois parties, si cela vous convient. D'abord, je vous fournis le logement, autrement dit, vous pouvez quitter la pension et vous installer dans votre chambre ici dès que vous voudrez. Ensuite, vous recevrez un salaire en liquide payable tous les dimanches ; nous en discuterons en tête à tête et en détail, dans mon bureau. Et troisième point, dit Mona en balayant la table d'un grand geste de la main, selon votre choix et pour votre plaisir, vous pouvez profiter des services de mes exceptionnelles employées ici présentes – en dehors des heures de travail, bien sûr, et avec leur consentement. »

En entendant cela, Bogey piqua un fard et les filles se moquèrent de sa gêne en riant aux éclats.

« Cela vous paraît-il un arrangement satisfaisant, Bogart ? demanda Mona.

— Eh bien… oui, madame… oui, Mona, certainement, bafouilla Bogey, ce qui déclencha de nouveaux gloussements. Cela me paraît tout à fait satisfaisant. »

IV

Les jours, les semaines passèrent et aucun navire venant de France ne jeta l'ancre dans le port. La chaleur de l'été urbain fit place à une fraîcheur automnale et, à la mi-octobre, les arbres de la côte est étaient parés de couleurs flamboyantes.

Bogey était confortablement installé chez Mona et, en dehors des horaires tardifs et des interactions quotidiennes avec des matelots ivres et agressifs, il s'y sentait vraiment heureux. Le travail n'était pas difficile ; il mettait régulièrement fin à des bagarres et, parfois, il devait lui-même se battre, mais comme il était un boxeur chevronné et que ses adversaires étaient presque toujours en état d'ivresse lorsqu'il avait affaire à eux, ces bagarres tournaient rapidement court, la supériorité était toujours du même côté. Et dans le cas extrême où les poings de Bogey ne suffisaient pas à venir à bout d'un marin particulièrement rétif, Mona lui avait donné une matraque de policier en noyer, ce qui lui permettait de régler le sort des clients les plus violents.

Le « videur cow-boy », comme on en vint à appeler Bogey dans le port, eut bientôt la réputation bien établie d'un homme qu'il valait mieux prendre au sérieux et, petit à petit, le comportement de la clientèle s'améliora. Bogey se montrait protecteur à l'égard de ses filles et la sanction physique de loin la plus sévère, il la réservait à ceux qui les maltraitaient, d'une façon ou d'une autre. Il avait été bien élevé par sa mère et, pour lui, la femme était sacrée. En retour, les filles se prirent d'amitié pour le jeune cow-boy, qui était si différent de leurs clients habituels, et souvent elles désiraient vivement lui témoigner leur gratitude.

C'est ainsi que Bogey profita pleinement des faveurs du personnel de Mona – le complément de son salaire – et se livra sans retenue aux plaisirs érotiques d'une vie parfaitement hédoniste, qui, de plus, était amusante et très gaie.

Comme Bogey avait grandi dans un ranch, il s'était, toute sa vie, levé à l'aube, voire plus tôt ; désormais, à cause de ses obligations qui se prolongeaient jusqu'au petit matin, il se réveillait rarement avant midi, les bras et les jambes parfois emmêlés avec ceux de deux ou trois filles endormies dans son lit, tout ce petit monde assoupi comme une portée de chiots collés les uns aux autres. Il lui arrivait de faire l'amour avec une ou deux d'entre elles, celles qui étaient réveillées – de partager leurs caresses lascives et douces du matin ; à peine sorti du sommeil, il se délectait de leur peau chaude et moite. Parfois, ils se rendormaient tous.

Bogey devint, en plus d'un amant, un ami pour ces filles, une sorte de confident avec qui elles partageaient leurs rêves d'avenir, dans lesquels il n'était plus question de marins ivres venant les sauter, année après année. Bogey écoutait leurs histoires, qu'il consignait dans son carnet. Ces jeunes femmes avaient les mêmes espoirs et les mêmes aspirations que toutes les autres, bien qu'elles vinssent presque toujours de milieux difficiles, où elles avaient connu la pauvreté, les drames familiaux, les parents alcooliques, les pères violents – toutes sortes de maux dont Bogey ne savait absolument rien, étant donné sa propre expérience de la vie. Certaines espéraient une famille, un mari, des enfants, la sécurité, d'autres rêvaient simplement d'une vie de voyages et d'aventures, même si la réalisation de ces projets n'était formulée qu'en termes très vagues. De temps en temps, une fille quittait l'établissement de Mona, pour prendre un autre emploi en ville, ou sur un bateau, et plus rarement, il arrivait que l'une d'elles s'enfuie avec un jeune marin au visage juvénile qui était tombé amoureux d'elle. Le plus souvent, on n'avait plus jamais de nouvelles ; parfois, elle revenait, la tête basse, douce comme un agneau, et reprenait son ancien emploi.

Bogey entretenait une relation particulière avec Lola, la fille de Mona, que sa mère formait pour qu'elle reprenne l'affaire familiale. Comme Lola appartenait au personnel « de direction » et n'avait donc pas le même statut que les autres filles, Mona avait d'emblée expliqué clairement à Bogey que sa fille n'était pas incluse dans l'offre qui supplémentait son salaire. La politique qu'il se devait de suivre dans son cas était la stricte non-intervention. Néanmoins, Mona avait fini par apprécier Bogey et, lorsqu'elle constata qu'un début d'idylle se nouait entre eux, elle ne le découragea pas. Par respect pour sa patronne, Bogey tint à ce que sa relation avec Lola reste chaste, bien que la jeune fille fût au courant, bien entendu, de ses ébats sexuels avec les autres filles.

Le dimanche, le seul jour de la semaine où les portes de chez Mona étaient closes, Bogey louait un second cheval aux écuries et Lola et lui partaient en promenade. Ils emportaient souvent un pique-nique. La campagne était encore peu éloignée du port sale et populeux, et lorsque Bogey avait un jour de congé, il ressentait toujours le besoin de se replonger dans la nature, de retrouver un peu d'espace et de verdure ; se rapprocher à nouveau de la terre, s'éloigner du béton et des briques lui était essentiel, et il en était de même pour Crazy Horse.

Au cours de ces promenades, Bogey décrivait à Lola sa vie dans le Colorado, les montagnes et les plaines, les rivières et les torrents, la nature sauvage, les saisons au ranch et sa famille. Lola écoutait ses récits avec ravissement, sans pouvoir imaginer un espace aussi vaste, aussi vierge, et une vie si différente de la sienne. « J'aimerais vraiment voir ça un jour, murmurait-elle. Qu'est-ce qui a bien pu te pousser à quitter un endroit pareil pour venir ici ? On dirait pourtant que c'est le paradis. » C'était une fille bien, Lola, et Bogey se dit qu'il était peut-être en train de tomber un petit peu amoureux d'elle.

V

Finalement, un après-midi de fin octobre, un navire venant de France, le *Rochambeau*, entra au port. Bogey descendit immédiatement à la capitainerie, où on lui donna le nom du commissaire de bord, un certain M. Joubert, qui avait la responsabilité des embauches.

Quand il arriva au poste d'amarrage, Bogey fut conduit par un membre d'équipage sur la passerelle, jusqu'au bureau du commissaire de bord. « Asseyez-vous, jeune homme », dit M. Joubert sans bouger de son bureau en lui désignant une chaise. C'était un petit homme propret et élégant, aux cheveux gominés, vêtu d'un costume sombre ajusté et dont la lèvre supérieure était ourlée d'une fine moustache.

« Je présume que vous êtes venu pour vous faire embaucher dans l'équipage ?

— Oui, monsieur. Je viens de l'État du Colorado, dit Bogey, et je vais en France rejoindre la Légion étrangère et combattre les méchants Huns. »

En entendant cela, M. Joubert leva un sourcil et nota d'une écriture minuscule très chic quelque chose sur son cahier. Le commissaire de bord avait des petites mains manucurées et, dans ses gestes, la précision d'un bureaucrate chevronné.

« Je vois… dit-il. Mais le Colorado est à une grande distance de la côte, n'est-ce pas ?

— Oui, monsieur, c'est effectivement très loin.

— Et quelle expérience avez-vous du travail sur les navires-cargos, jeune homme ?

— Aucune, monsieur. Mais je suis travailleur et j'apprends vite.

— Êtes-vous jamais monté sur un bateau auparavant ? » demanda le commissaire de bord.

Bogey jeta un coup d'œil à la cabine dans laquelle il se trouvait.

« Non, monsieur, je ne peux pas dire que c'est le cas. C'est la toute première fois. Et je dois ajouter, monsieur, que j'ai un cheval qui doit traverser l'océan parce que j'ai l'intention de rejoindre le régiment de cavalerie de la Légion étrangère.

— Jeune homme, je ne tiens pas à vous décevoir, fit M. Joubert, mais la Légion étrangère n'a pas de cavalerie, seulement des régiments d'infanterie.

— Mais c'est impossible, dit Bogey. Chez moi, j'ai vu des photographies de la cavalerie française dans des magazines.

— C'était probablement des régiments de cavalerie de l'armée française, jeune homme, pas de la Légion étrangère.

— Eh bien, il me suffira alors de rejoindre les rangs de l'armée française.

— C'est un droit réservé aux Français, je le crains, dit M. Joubert. D'où, précisément, la création de la Légion, pour permettre à des citoyens de pays alliés de combattre à nos côtés.

— Mais je ne veux pas être fantassin, dit Bogey. Savez-vous ce qu'on dit, chez moi, à propos des cow-boys qui se retrouvent à pied, n'est-ce pas ?

— Ah, non, je suis certain de ne pas connaître la réponse à cette question, jeune homme.

— On dit : "Si tu es à pied, c'est que tu n'es pas un vrai cow-boy."

— Cela étant dit, reprit M. Joubert, souhaitez-vous toujours transporter votre cheval en France ?

— Je ne peux pas vraiment le laisser ici, ne croyez-vous pas ? répondit Bogey. Et il est trop tard maintenant pour que je le renvoie à la maison. Je n'aurai plus qu'à trouver en France un endroit où le mettre en pension. »

M. Joubert s'éclaircit la voix.

« Revenons à l'entretien qui nous occupe, jeune homme. Savez-vous nager ?

— Non, monsieur.

— Comme vous n'avez aucune expérience préalable en mer, quelle fonction utile pensez-vous être capable d'assumer sur le navire ?

— Je sais réparer des choses, monsieur, proposa Bogey. Je sais me servir d'outils. Je sais démonter un tracteur et le remonter complètement.

— Réparer des tracteurs n'est pas une compétence particulièrement utile sur un cargo, fit remarquer le commissaire de bord.

— Non, monsieur, j'imagine bien que non, mais si vous aviez des soucis de moteur en route, je pourrais peut-être vous aider.

— Mais, voyez-vous, nous avons des ingénieurs à bord qui sont chargés de ce genre de tâches. Et comment pourrais-je même être certain que vous ne serez pas sujet au mal de mer, puisque vous n'avez jamais mis le pied sur un navire ? À cette époque de l'année, la mer est souvent forte, ce qui peut donner lieu à des épisodes très mouvementés. C'est arrivé dans le passé : certains marins inexpérimentés ont passé l'essentiel du voyage à vomir dans des seaux, ce qui a nui gravement à leur efficacité en tant que membres d'équipage.

— Monsieur, chez moi, je monte des broncos déchaînés dans les rodéos, dit Bogey. Croyez-moi, on peut parler d'épisodes mouvementés… Je me suis fait déculasser de nombreuses fois, mais pas une fois je n'ai rendu mes cookies. »

M. Joubert n'était pas complètement certain de savoir ce qu'était un « bronco » et n'avait pas la moindre idée du sens de « déculasser » ou de « rendre ses cookies ». Néanmoins, derrière la froide posture bureaucratique du commissaire de bord se cachait un romantique dans la plus pure tradition française, doté d'un sens patriotique qui éveillait en lui une secrète admiration pour cet audacieux cow-boy venu du Colorado avec ce rêve fou d'emmener son cheval jusqu'en France pour combattre l'envahisseur allemand. De plus, d'un point de vue plus pratique et moins altruiste, l'ordre qui lui avait été donné par les propriétaires du navire était de payer les membres d'équipage le moins possible, ou mieux encore, de ne leur donner rien du tout.

Pendant un moment, M. Joubert tapota nerveusement son cahier du bout de son crayon. « Jeune homme, finit-il par dire, avec un hochement de tête, je pense effectivement que je pourrai peut-être trouver de la place sur le *Rochambeau*, pour vous et votre cheval. Cependant, comme vous n'avez pas la moindre expérience en mer, ni de compétence évidente qui pourrait être utile sur le bateau, je ne vous propose que la traversée – couchette et nourriture, autrement dit – pour laquelle vous devrez travailler, sans percevoir de salaire, en vous acquittant de toutes les tâches, si ingrates soient-elles, que le capitaine et les membres d'équipage vous imposeront. En résumé, vous occuperez, à bord, la position hiérarchique la plus basse. En même temps, il vous incombera de prévoir, à fond de cale, une enceinte adéquate pour contenir votre cheval de manière sûre et suffisamment de fourrage pour nourrir ledit animal durant toute la traversée ; selon les conditions météorologiques et la charge définitive de notre cargaison, celle-ci pourra varier de dix à quatorze jours. Étant donné le danger représenté par les sous-marins allemands, nous ne pouvons plus accoster au Havre, mais nous devons aller plus au sud, à Bordeaux, ce qui allonge d'autant le voyage, sans diminuer les risques. Comprenez-vous ? Êtes-vous prêt à accepter ces conditions ?

— Oui, monsieur Joubert, répondit Bogey. Je comprends parfaitement. Je les accepte toutes. Je travaillerai dur pour vous et je ne décevrai personne, ni vous, ni le capitaine, ni l'équipage. Vous verrez, monsieur. Merci, monsieur. »

Trois semaines plus tard, pendant la dernière nuit que Bogey passait chez Mona, Lola vint le retrouver dans sa chambre ; elle enleva ses vêtements et s'allongea contre lui. Elle chuchota : « Je veux que le dernier souvenir que tu emportes de cet endroit, ce ne soit pas celui d'une nuit avec une des filles, ou avec plusieurs, comme tu sembles le préférer. Je veux que ce dernier souvenir, ce soit moi. Je voudrais que tu emportes mon odeur sur ce navire, de l'autre côté de l'océan, jusqu'à la France. Je sais que je n'aurai jamais la chance d'y aller moi-même. Est-ce que tu comprends ? »

Bogey hocha la tête. Il prit doucement son menton dans sa main. Lola était une jeune femme pâle, aux cheveux clairs ; sa peau douce sentait le parfum des feuilles roussies de l'automne et, lorsqu'ils firent l'amour, ce fut différent de ce que Bogey partageait avec les autres filles, pour qui il n'éprouvait pas de sentiments. Il caressa ses petits seins, qui ressemblaient à ceux d'une fillette, il embrassa ses tétons durcis. Tous les deux savaient que c'était à la fois le début et la fin de quelque chose, et qu'après cette nuit-là ils ne se reverraient probablement jamais.

Le *Rochambeau* largua les amarres à l'aube du 5 novembre 1916 ; c'était un matin gris et froid, une neige légère tombait sur la ville de New York. Lorsque les câbles des remorqueurs furent détachés et que le navire atteignit la haute mer, Bogey remonta des ponts inférieurs, où il avait déjà été mis au travail – à récurer les toilettes de l'équipage. Il se tint au bastingage et contempla la mer et le ciel monochromes, qui paraissaient se fondre, comme s'il n'y avait plus d'horizon. Et Bogey se dit que ce vaste océan uniforme était vraiment la contrée la plus solitaire qu'il ait jamais vue de toute sa vie.

GABRIELLE
1918-1925

I

Un matin clair et froid de janvier 1925, Gabrielle Jungbluth, 18 ans, partit à pied du foyer de jeunes filles situé rue Denfert-Rochereau à Montparnasse, pour se rendre à ses premiers cours d'art à l'atelier Humbert, dans la prestigieuse École nationale supérieure des beaux-arts de Paris. Gabrielle était une grande et belle jeune fille, aux longues jambes et à la silhouette gracieuse ; ses longs cheveux noirs étaient remontés en chignon sous son bonnet en laine, et elle avait de grands yeux expressifs qui étaient particulièrement brillants, ce jour-là. Dans l'air glacial du matin, son souffle dessinait des petites volutes ; elle marchait d'un bon pas, avec une assurance naturelle qui la faisait paraître plus âgée. Ses longues et légères enjambées révélaient toute la confiance triomphante d'une jeune artiste précoce, décidée à se faire une place dans le monde de l'art.

Au bout de la rue Denfert-Rochereau, Gabrielle traversa le boulevard du Montparnasse, prit la rue d'Assas, jusqu'à la rue Guynemer, contournant par l'ouest le jardin du Luxembourg, en dormance, dans la grisaille de l'hiver, avec ses arbres décharnés et ses distinguées statues saupoudrées de blanc après la chute de neige de la nuit. Elle coupa la rue de Vaugirard, remonta la rue Bonaparte, traversa le boulevard Saint-Germain près de l'église Saint-Sulpice, et arriva enfin à l'École des beaux-arts. Normalement, le trajet se faisait, sans se presser, en vingt-cinq minutes, mais grâce à ses longues jambes, son pas décidé et sous l'effet de l'excitation, Gabrielle était parvenue à destination, ce premier jour, en deux fois moins de temps.

Les ateliers donnaient sur la cour du mûrier, ainsi appelée à cause de l'arbre magnifique, élancé et bien droit, qui trônait en son centre ; il était, lui aussi, dépourvu de feuilles à cette époque de l'année. Au moment où Gabrielle entra dans la cour, elle eut l'impression de retourner dans le temps jusqu'à l'Antiquité, de faire irruption dans un silencieux sanctuaire des arts où les bruits de la ville moderne étaient étouffés par les arcades de pierre, les statues de marbre et les majoliques. Elle aurait aussi bien pu se trouver dans l'Italie antique, sur le Camposanto de Pise, ou le Chiostro Verde de Florence. Elle ressentit également, malgré l'élégance de tous ces ornements, l'austérité de la prestigieuse institution, la rigueur d'une discipline qui excluait la gaieté.

Gabrielle était déjà venue lorsqu'elle avait passé les examens d'entrée, à l'automne précédent, et elle n'eut aucun mal à trouver l'atelier Humbert. Bien qu'elle crût être arrivée en avance, elle découvrit qu'un certain nombre d'autres élèves étaient déjà là, qui se pressaient à la porte, pour lire une note affichée sur le mur.

« Que regardez-vous ainsi ? demanda Gabrielle en se frayant un chemin entre les filles. Laissez-moi voir.

— C'est le règlement de l'atelier, répondit l'une

d'elles. Et tu n'as pas besoin d'être aussi grossière et de nous bousculer comme cela. Tout le monde aura une chance de le lire. »

Gabrielle rit. « Oui, mais je veux le lire maintenant. » Il était vrai qu'elle voulait toujours être la première et, à l'avenir, elle arriverait encore plus tôt, décida-t-elle.

« Règlement de l'atelier Humbert, lut-elle en haut de la feuille. Mon Dieu, que de règles !

— Quarante-deux, pour être exacte, dit l'une des autres nouvelles venues dans l'atelier ce semestre. Comment allons-nous pouvoir les mémoriser toutes ?

— C'est précisément la raison pour laquelle elles sont affichées ici, dit une élève plus âgée. Pour qu'on puisse s'y référer tous les jours, jusqu'à ce qu'on les ait bien en tête. Et je vous suggère, les nouvelles, de les recopier dans votre cahier. Le professeur est très strict sur son règlement.

— Je croyais qu'on venait ici pour apprendre à peindre, dit Gabrielle, pas pour devenir sténographe. Je n'ai aucune intention d'écrire ces règles dans mon cahier et je ne vais certainement pas les apprendre par cœur. Vous savez ce que Picasso dit des règles, n'est-ce pas ? Il dit que, pour le véritable artiste, les règles sont faites pour être enfreintes. »

Derrière elles résonna la voix profonde et autoritaire du professeur Humbert en personne : « Oui, il a le droit de le dire parce qu'il est Picasso. Mais ce n'est pas votre cas, jeune fille. »

Gabrielle se retourna, rougissant de se trouver ainsi face au professeur.

« Je vous prie de m'excuser, monsieur, dit-elle. Je suis désolée. Pardonnez-moi, je vous en prie.

— Vous voyez, jeune femme, on n'est autorisé à transgresser les règles qu'après les avoir apprises, dit le professeur Humbert. Et c'est la raison de votre présence ici. M. Picasso a appris les règles de son art et, depuis le début de sa carrière, il maîtrise les techniques des maîtres. Aujourd'hui, pour le meilleur ou pour le pire, il a choisi d'en abandonner beaucoup, comme son ami, mon ancien élève M. Braque. Ils peignent tous deux des choses souvent aberrantes, que l'on oubliera dès qu'émergera un nouveau courant en vogue. Néanmoins, ils ont gagné le droit de poursuivre les chimères dont ils rêvent. Vous, jeune fille, n'avez pas encore acquis ce privilège et, de fait, il se peut que vous n'y parveniez jamais. Étudiez le règlement de l'atelier, recopiez-le si nécessaire et respectez-le. Il constitue une base importante qui conditionnera votre réussite ici. Toute personne qui choisira de l'ignorer ne demeurera pas longtemps sous ma tutelle. Me fais-je bien comprendre ?

— Tout à fait, monsieur », répondit Gabrielle.

Le professeur sortit un trousseau de sa poche, chercha un moment avant de trouver la bonne clé, puis la glissa dans la serrure et ouvrit la porte en grand. « Entrez, mesdemoiselles, dit-il. Les nouvelles élèves, vous pouvez choisir le chevalet qui vous plaît. Comme le stipule l'un des articles du règlement affiché à la porte, lorsque nous peindrons avec un modèle vivant, nous changerons régulièrement de position afin que toutes puissent bénéficier de vues et d'angles différents sur le sujet. Par conséquent, votre emplacement n'a rien de définitif. »

Tandis que Gabrielle s'installait, la fille plus âgée

qui lui avait recommandé d'apprendre le règlement par cœur vint se placer à côté d'elle.

« Félicitations, jeune fille, chuchota-t-elle d'un air suffisant. Te voilà bien partie. Ce n'est certainement pas toi qui deviendras la *chouchou du professeur**. »

Mais Gabrielle s'était déjà remise de la réprimande qui lui avait été infligée. Elle était devant un chevalet, dans un véritable atelier, sur le point de commencer sa formation avec un professeur d'art renommé. Rien ne pouvait l'arrêter, désormais.

« Ah… eh bien, nous verrons bien… » dit-elle.

II

Le père de Gabrielle, le colonel Charles Ismaël Jungbluth, était un vétéran de la Grande Guerre, commandeur de la Légion d'honneur, décoré de la croix de guerre pour sa bravoure sur le champ de bataille en tant que commandant du 217e régiment d'infanterie. C'était un homme petit, d'allure distinguée, au corps nerveux, aux traits forts ; sa grande moustache noire et fournie était tournée vers le haut aux extrémités, comme pour dessiner un sourire saugrenu qui, malgré tout, ne faisait pas oublier la raideur plutôt intimidante du personnage.

Mais le colonel Jungbluth avait aussi un côté plus sensible et c'est de lui que Gabrielle tenait tant son talent que son intérêt pour la peinture ; il était un peintre amateur doué. Depuis qu'elle était toute petite, il emmenait sa fille unique dans les champs, les forêts et les montagnes pour peindre *en plein air*[*], le style qu'il préférait.

Malgré l'autorité presque militaire que le colonel faisait régner sur le foyer, Gabrielle adorait son père et il le lui rendait bien. Tous deux avaient appris à accepter le fait qu'ils étaient dotés de tempéraments très différents mais étrangement complémentaires. Gabrielle était une fillette espiègle, malicieuse, qui avait hérité la beauté physique de ses deux parents, mais toute sa joie de vivre lui venait de sa mère. De treize ans plus jeune que son mari, Marie-Reine Jungbluth était une femme enjouée et élégante, qui parfois s'irritait de la rigidité du colonel, mais qui l'acceptait le plus souvent comme l'imposait le compromis inhérent à la vie d'épouse à cette époque. Pour ce qui était de sa fille, la question était bien différente. Gabrielle était tellement débordante de vie et d'énergie, elle manifestait de telles dispositions à la rébellion et à l'entêtement que, même à un très jeune âge, elle ne craignait pas de s'opposer à son père et elle parvenait presque toujours à lui tirer un éclat de rire. Ils partageaient de très bons moments lors de leurs excursions pour aller peindre.

À cette époque, ils vivaient à la sortie de la ville d'Épinal, dans les Vosges, et ce fut là, en compagnie de son père, toujours coiffé d'un béret tiré sur le côté qui lui donnait un air jovial lorsqu'il partait avec son chevalet, que Gabrielle apprit le plaisir de la création. Cependant, ses intérêts artistiques se portaient plus sur la représentation des gens que sur les paysages, qui avaient la préférence de son père ; c'était une caractéristique qu'elle partageait avec sa mère, beaucoup plus sociable.

Au moment de la déclaration de guerre, le colonel avait installé sa femme et sa fille dans un appartement à Paris, parce que les Vosges se trouvaient exactement sur la route de l'armée allemande. Et, à la fin de la guerre, la famille alla s'installer à la campagne, dans une maison à côté de Rouen.

Comme tous ceux qui étaient allés au front, le colonel Jungbluth avait été témoin d'innombrables morts et scènes de dévastation ; il avait vu de vastes étendues de campagne verdoyante dans le nord de la France détruites simplement par le tonnage de bombes qu'on y avait larguées, la terre empoisonnée, transformée en un désert carbonisé inhospitalier pour les hommes, la faune et la flore. Lorsque les combats touchèrent à leur fin et qu'il retrouva son épouse et sa fille, tout ce que désirait le colonel, c'était s'échapper dans la campagne encore préservée et se remettre à peindre, comme si, en créant ses petits paysages de nature pastorale, il pouvait, d'une certaine façon, contribuer à la guérison de la terre meurtrie.

Gabrielle n'avait que 11 ans lorsque son père revint du front, mais elle avait continué à peindre et à dessiner seule pendant son absence, dans l'espoir naïf de le protéger. Dans son esprit d'enfant, tant qu'elle travaillait dans l'univers intime de l'art qu'ils partageaient et qu'elle créait des choses nouvelles qu'elle lui montrerait à son retour, son papa chéri ne pourrait être blessé. Maintenant, lorsqu'ils partaient ensemble, Gabrielle emportait son propre bloc à dessins et, lorsque le colonel regardait ses travaux, si juvéniles fussent-ils encore, il reconnaissait que sa fille possédait déjà un talent naturel bien supérieur au sien.

Comme tant de vétérans qui avaient survécu à la guerre, le colonel Jungbluth ne parlait pas de ces moments terribles. Mais Gabrielle était une enfant curieuse, toujours en quête de la vérité, une fillette qui voulait tout savoir sur tout et qui ne cessait jamais de poser des questions. Lorsqu'ils reprirent leurs excursions artistiques, elle harcela son père pour qu'il lui parle de la guerre, lui décrive les endroits qu'il avait vus, les gens qu'il avait rencontrés.

« Est-ce que vous avez tué beaucoup, beaucoup de Boches, papa ? demanda-t-elle.

— Tu es trop jeune pour entendre des histoires de tueries, mon enfant, dit le colonel. Je suis trop vieux et j'en ai trop vu pour raconter de telles histoires. Bien qu'ils aient été nos ennemis, tu dois aussi te souvenir que nous avons des origines lointaines et ancestrales en Allemagne, notre département a fait partie, à différentes époques, de ce pays. Et tu dois aussi te rappeler que les garçons envoyés au front par les Allemands étaient des jeunes gens comme les nôtres, qui avaient une famille, des frères et sœurs, une mère et un père, des grands-parents, qui attendaient leur retour à la maison, et qui avaient les mêmes espoirs, les mêmes rêves d'avenir. Souvent, ces soi-disant "soldats" étaient tout juste sortis de l'enfance. En dehors du fait qu'on accomplit son devoir patriotique, il n'y a pas le moindre honneur, et certainement pas de plaisir, à tuer des enfants.

— Pourquoi la guerre existe-t-elle, alors ? demanda Gabrielle. Est-ce qu'il n'en ressort rien de bien, jamais ? »

Le colonel réfléchit un moment.

« La guerre est fondamentalement l'entreprise humaine la plus barbare, reprit-il enfin, même si elle peut parfois mettre fin à une tyrannie et permettre d'acquérir la liberté. Et elle peut faire ressortir aussi bien le meilleur que le pire chez les hommes. Parfois, on assiste à des actes extraordinaires de bonté, de dévouement, de sacrifice et de courage. Et parfois, dans de telles circonstances, on a l'occasion de rencontrer des gens remarquables. Peut-être est-ce cela, le bien qui ressort de la guerre.

— Alors, racontez-moi l'histoire d'un acte de ce genre, ou d'une personne remarquable, dit Gabrielle.

— Tu es d'une curiosité incorrigible, ma fille, dit le colonel. Pourquoi veux-tu que ton père revive un temps qu'il ne souhaite qu'oublier ?

— Mais parce que vous ne voulez pas oublier le bien comme le mal, n'est-ce pas, père ? Je veux entendre une belle histoire d'un acte de bonté, de dévouement, de sacrifice et de courage. Ou l'histoire d'une de ces personnes extraordinaires que vous avez rencontrées. »

Le colonel rit et hocha la tête.

« D'accord, mon enfant, je vais céder, parce qu'il est vrai qu'on ne peut être un bon artiste à moins d'être curieux de la vie et des gens. Mais laisse-moi réfléchir un peu pendant que nous peignons, que je trouve une histoire de guerre qui soit convenable pour les oreilles d'une jeune fille. Et toi, cesse de me poser des questions et concentre-toi sur ton propre dessin. »

Le père et la fille travaillèrent en silence pendant un moment, assis côte à côte sur les berges de la Seine ; elle dessinait, son père peignait. Un certain temps s'écoula ainsi, avec seulement le chant des oiseaux d'été, le murmure de la rivière, les grattements des crayons de couleur de Gabrielle sur le papier et les bruissements plus légers des coups de pinceau de son père sur la toile.

III

« Je n'oublierai jamais ce jour terrible, commença enfin le colonel. Le 17 avril 1917, le second jour de la désastreuse offensive du général Nivelle sur le chemin des Dames. Les Allemands étaient prêts à nous affronter et mon régiment se retrouvait immobilisé au fond de tranchées creusées à la va-vite dans les collines limitrophes de la Champagne, sous le feu d'un pilonnage frénétique de tirs de mitrailleuses et de mortiers. Le chaos induit par une attaque d'artillerie de grande ampleur est impossible à imaginer, impossible à décrire… Les déflagrations assourdissantes, l'air saturé de fumée et de terre, les hurlements des blessés et des agonisants. Certaines de nos troupes se mutinaient déjà, lâchaient leurs armes et s'enfuyaient dans les collines pour sauver leur peau. Avant que cette campagne mal avisée soit enfin arrêtée, trois jours plus tard, de nombreux autres soldats déserteraient. Les tribunaux militaires n'hésitèrent pas à prononcer plus de quatre cents condamnations à mort pour désertion, même si, ensuite, le général Pétain a fait en sorte que les exécutions soient bien moins nombreuses. Les Allemands ont tué nos soldats, mais nous en avons tué aussi. Telle est la folie, le caractère barbare de la guerre, ma chère fille. Nous avons tué nos propres enfants, simplement parce qu'ils avaient peur de mourir.

« Cet épisode finirait par être connu sous le nom de la bataille des monts de Champagne. Je t'épargnerai les détails de la boucherie qui eut lieu ce jour-là et je vais te raconter la belle histoire de guerre que tu me demandes. Tu seras peut-être capable de voir à quel point il est difficile de séparer le bien du mal dans une histoire de guerre, quelle qu'elle soit, et pourquoi j'ai tant de mal à parler de ce temps-là. » Le colonel marqua une pause comme s'il était encore en train de bâtir une version adéquate de son histoire.

« Ce jour-là, les tirs de mitrailleuses étaient tellement nourris par moments que nous n'osions pas sortir la tête de la tranchée. Tout à coup, pendant une accalmie, un de mes hommes s'écrie : “Regardez, là, sur la crête, à l'est !” C'est alors que nous vîmes un homme à cheval qui galopait dans les collines, se dirigeant vers nous. Les obus éclataient tout autour de lui et les balles faisaient jaillir la terre, et pourtant, il poursuivait son chemin sans dommage. Ce n'était pas un cavalier ordinaire, tout au moins, il ne ressemblait à aucun autre que nous ayons vu. Il montait un cheval gris clair, mais il ne semblait pas être un soldat allié puisqu'il ne portait pas l'uniforme de rigueur et sa selle n'était pas un modèle militaire classique. Nous le regardâmes en silence et de plus en plus émerveillés tandis qu'il approchait, car il évitait, on ne savait comment, les balles et les obus. Par la suite, lorsque nous eûmes l'occasion de confronter nos impressions, nous découvrîmes que nous avions tous eu la même sensation étrange… comme si nous étions déjà morts au combat et que nous nous trouvions transportés sur un autre front dans une contrée lointaine, à une époque différente. Le cavalier s'approcha encore et il apparut clairement qu'il n'était pas un soldat, tout au moins, pas un soldat ordinaire. »

Le colonel marqua une pause et posa son pinceau sur son chevalet. Il sourit, tout à ses souvenirs.

« Et il n'était certainement pas français…

— Ah bon, d'où venait-il alors, papa ? demanda Gabrielle d'un ton impatient. Qui était-il ?

— C'était un cow-boy. Un cow-boy américain qui débarquait de son Grand Ouest à cheval, comme un personnage de cinéma.

— Un cow-boy ! s'exclama Gabrielle, enthousiaste.

— Nos hommes se mirent à l'acclamer tandis qu'il traversait le no man's land, poursuivit son père. De temps en temps, ils disparaissaient, son cheval et lui, dans les nuages de fumée et de terre soulevés par les explosions des tirs d'artillerie tout autour d'eux, mais ils réapparaissaient tout de suite après, comme par miracle, sortant inexorablement au galop des brouillards noirs, on aurait dit des créatures surnaturelles. Les Allemands avaient construit un barrage avec du fil de fer barbelé et des troncs d'arbres pour défendre leur position et, tout à coup, fait incroyable, le cheval du cow-boy bondit, comme s'il pouvait voler, et franchit l'obstacle. Tu le sais, ma chérie, j'ai une bonne expérience de cavalier, mais jamais auparavant, et jamais depuis lors, je n'ai assisté à un exploit aussi remarquable. En arrivant à côté de nous, le cow-boy se laissa glisser lestement jusqu'au sol et fit descendre sa monture dans notre tranchée.

« Quittant ma position, j'allai le saluer. C'était un

grand et beau jeune homme, qui portait un vieux chapeau taché et ces jambières en cuir que les cow-boys américains portent par-dessus leur pantalon, des “chaps”, comme on les appelle. Et bien sûr, il était chaussé de bottes de cow-boy. Il avait aussi un six-coups dans un ceinturon attaché autour de sa taille, un Colt .45, appris-je par la suite. Je m’approchai, ayant sorti mon arme par précaution, parce que nous ne pouvions pas savoir qui il était, ni quelle était sa mission ; il était peut-être un cheval de Troie.

« “Identifiez-vous !” demandai-je.

« Le cow-boy me salua et dit, dans un français rudimentaire : “Vous n’aurez pas besoin de votre arme, monsieur. Je suis le légionnaire 2e classe Lambert, monsieur, du 4e bataillon, sous le commandement du colonel Jacques Daumier. Je suis le courrier du colonel, monsieur, et je viens vous apporter une dépêche classée secrète.

« – Si vous êtes vraiment un légionnaire, alors pourquoi ne portez-vous pas d’uniforme, soldat ? demandai-je.

« – Par autorisation spéciale du colonel, monsieur. Pour pouvoir délivrer ce message aussi rapidement que possible, j’ai traversé nos lignes et je suis passé sur le territoire tenu par l’ennemi. J’ai suggéré au colonel : les Boches seront peut-être embrouillés et même un peu effrayés, s’ils voient un cow-boy galoper derrière leurs lignes.”

« Ma chère fille, lorsqu’on est dans les tranchées, sur le front, dit le colonel, sous le feu des mitrailleuses et de l’artillerie lourde, avec des hommes qui meurent tout autour, tu ne peux pas savoir comme il est rare d’avoir l’occasion de rire. Mais, lorsque le jeune homme prononça ces paroles, avec une naïveté désarmante, je m'esclaffai. Et quand je répétai ses propos à mes hommes, ils firent passer le mot, tout le long de la tranchée : "Un légionnaire, un courrier, américain. Il s'est dit que ça pourrait embrouiller les Boches s'ils voyaient un cow-boy galoper derrière leurs lignes", et tous se mirent à rire.

« Le jeune homme en fut surpris.

« "Pourquoi tout le monde rit, monsieur ? demanda-t-il. Mon français est-il très mauvais ?

« – Non, non, pas du tout, répondis-je. Mais, voyez-vous, légionnaire Lambert, cela *nous* a embrouillés nous aussi, de voir un cow-boy chevaucher derrière les lignes ennemies. Si je peux me permettre, jeune homme, comment diable avez-vous réussi à ne pas vous faire capturer ni tuer au cours de cette mission ?"

« Le légionnaire parut réfléchir un moment, comme si la question ne lui était jamais venue à l'esprit, puis il répondit : "Eh bien, monsieur, tout ce que je peux dire, c'est que j'ai un très bon cheval, un excellent sens de l'orientation et que nous avons toujours eu une grande chance dans la vie, lui et moi."

« Le jeune homme resta avec nous pendant plusieurs heures, attendant la tombée de la nuit et une accalmie dans les bombardements, avant de partir retrouver son régiment. Il parla de son pays, de sa région, du ranch de ses parents dans le Colorado. Quel jeune homme charmant. Il nous expliqua qu'il était venu en France l'année précédente pour s'engager dans la Légion étrangère. Et sais-tu pourquoi ? »

Gabrielle secoua la tête.

« Pour la seule raison que ses parents lui avaient dit qu'il y avait du sang français dans leur famille, dit le colonel. Il souhaitait contribuer à défendre le pays de ses ancêtres. Tu vois, mon enfant, à quel point les jeunes gens peuvent être idiots ? Il avait fait tout le chemin depuis le Colorado. Et il avait emmené son cheval avec lui parce qu'il pensait pouvoir rejoindre un régiment de cavalerie. Mais la Légion étrangère n'a pas de cavalerie… » Le colonel marqua une pause, secouant la tête en pensant à la stupidité des jeunes hommes.

« Néanmoins, le jeune Lambert entra dans la Légion, poursuivit son père, dans le régiment d'infanterie, bien sûr. Il suivit un entraînement de base à Perpignan et, pendant ce temps, il laissa son cheval en pension dans une ferme du secteur. Ce jeune homme était costaud et il avait grandi dans une région d'altitude ; il était toujours en tête lors des marches d'entraînement dans les Pyrénées. C'était un meneur de bien des manières et, rapidement, il impressionna ses supérieurs par son intelligence et son talent. Pendant les temps libres, les officiers avaient aussi pu se rendre compte de son extraordinaire adresse à cheval.

« Comme nous avions désespérément besoin de soldats à ce moment-là, la période d'entraînement fut raccourcie, et son régiment fut constitué et expédié au front en quelques semaines seulement. Même s'il n'y avait pas de cavalerie dans la Légion, de nombreux officiers possédaient un cheval, comme nous, les gradés de l'armée régulière. Tu le sais, j'ai eu mon bien-aimé Caracol avec moi pendant toute la durée de la guerre. Le légionnaire Lambert persuada un de ses lieutenants-colonels de le laisser emmener son cheval avec lui, avec les montures des officiers. Pour éviter le risque de perdre l'un de leurs officiers de valeur dans des missions particulièrement dangereuses, le jeune Lambert fut recruté comme courrier. Et c'est ainsi qu'il s'était retrouvé à venir à cheval jusqu'à notre campement ce jour-là. Je lui demandai comment son cheval avait réussi à sauter la ligne en fil de fer barbelé des Allemands et il me répondit que, lorsqu'il était enfant, il s'était lassé de descendre de cheval pour ouvrir les barrières sur le ranch de ses parents et il avait dressé son cheval à sauter les clôtures – ce qui, bien entendu, n'expliquait pas, tant s'en fallait, l'ampleur du saut auquel nous avions assisté.

« Lorsque la nuit tomba, le jeune homme remonta en selle et repartit au galop comme il était venu. Depuis ce jour-là, le légionnaire 2e classe Lambert serait désormais connu sous le nom de "courrier cow-boy", et il m'a été rapporté que même les Allemands en vinrent à l'appeler ainsi.

« Nous ne devions jamais le revoir après ce soir-là, mais le jeune Lambert devint sur le front une figure légendaire ; il accomplissait de nombreuses missions dangereuses, délivrait des missives entre les légionnaires, les régiments de l'armée française régulière, les troupes britanniques et les régiments américains qui venaient juste d'entrer en guerre. Nous pensions vraiment qu'il avait une chance extraordinaire, comme s'il bénéficiait d'une protection divine. De nombreuses histoires circulèrent sur ses héroïques exploits et, bien qu'elles fussent certainement exagérées, il était néanmoins une figure emblématique pour les hommes qui étaient au front. Dans les moments les plus désespérés de la guerre, la simple idée que des personnages aussi romanesques puissent exister apporte un grand réconfort aux soldats épuisés, effrayés. Et à mesure que la réputation du courrier cow-boy se répandait sur le front, les soldats allemands redoutaient de plus en plus de devoir l'abattre, de peur que cela leur porte malheur. C'était comme s'il détenait une sorte de laissez-passer tacitement accepté par tous pour l'accompagner tout au long de la guerre.

— Quel était son prénom, papa ? demanda Gabrielle.

— Bogart. Bogart Lambert, dit le colonel, ce qui, ma chère fille, est encore une petite ironie de cette histoire, car ce prénom "Bogart" est aussi bien un nom de l'ancien français que de l'ancien allemand et il est tout à fait possible que les ancêtres dont il parlait aient eu, comme les nôtres, des racines alsaciennes.

— Et comment s'appelait son cheval ?

— Crazy Horse.

— C'est un drôle de nom !

— Oui, inspiré à l'évidence par un fameux chef indien d'Amérique, dit le colonel. Eh bien, voilà ta belle histoire de la guerre, ma fille. Maintenant, si nous nous concentrions sur notre art, qu'en dis-tu ?

— Mais qu'est-il advenu du courrier cow-boy, finalement ? demanda Gabrielle. Comment se termine l'histoire ? »

Une ombre passa sur le visage du colonel.

« Elle se finit avec le jeune cow-boy américain, qui disparaît à cheval dans la nuit, éclairé seulement, de temps en temps, par l'explosion d'un tir d'obus. Je te l'ai dit, je n'ai jamais revu ce jeune homme, j'ai seulement entendu parler de lui. Voilà la fin de l'histoire. Nous allons maintenant peindre le fleuve dans le calme et en silence.

— Je ne dessine plus la rivière, papa, dit-elle. Je

dessine le cow-boy, Bogart Lambert, et son cheval, Crazy Horse. Regardez. »

Elle tendit son bloc à dessins à son père.

« Très bien, dit le colonel. Cependant, comme tu ne l'as vu que dans ton imagination, je peux t'aider avec quelques détails authentiques. Par exemple, attachée à sa selle western, le jeune homme transportait aussi une corde enroulée, qui lui servait, chez lui, dans les concours de rodéo, nous a-t-il expliqué.

— Il est mort, dites, papa ? demanda Gabrielle. Les Boches l'ont tué, pour finir, n'est-ce pas ? Je le lis sur votre visage. »

Comme s'il ne l'avait pas entendue, le colonel s'absorba dans ses mélanges de peintures à l'huile sur sa palette. Il se tourna enfin vers sa fille. « *Voilà*[*], ma chère fille, la fin de l'histoire. »

IV

Les quelques années qui suivirent la guerre filèrent rapidement et furent heureuses pour Gabrielle et ses parents. Ils passaient les vacances d'été à Dieppe, au bord de la mer, et effectuaient des voyages réguliers à Paris pendant les autres périodes de l'année, pour bénéficier des richesses offertes par la capitale en matière d'art et de culture, qui n'étaient pas aussi accessibles en province. La famille visitait les musées et les expositions, et Gabrielle et sa mère allaient faire les boutiques dans les quartiers chics. Mais ce qui fascinait le plus la jeune fille, c'était le temps qu'ils passaient à Montparnasse, que le colonel, lui aussi, aimait parcourir, étant donné son propre intérêt pour le monde de l'art. Les gens qui y vivaient depuis longtemps l'appelaient simplement le « village », tant l'atmosphère de ce quartier était particulière, insufflant une sorte d'énergie folle qui avait été étouffée par la guerre et qui s'exprimait tout à coup librement comme le champagne qu'on vient de déboucher, jaillissant dans une explosion festive, pour célébrer un nouveau mode d'expression, une nouvelle manière d'être – la renaissance et la réinvention de la vie comme de l'art.

Contaminée par cette exubérance artistique, qui paraissait flotter sur la ville comme un voile rouge sensuel, Gabrielle supplia son père de lui accorder la chance d'étudier la peinture dans ce quartier. Bien que le colonel Jungbluth n'approuvât pas vraiment les orientations que prenait l'art moderne, il ne pouvait pas ignorer le talent inné de sa fille et le fait que, pour le meilleur ou pour le pire, elle avait visiblement l'âme d'une artiste. Il reconnaissait aussi qu'en tant que peintre strictement amateur il avait déjà enseigné à sa fille tout ce qu'il pouvait. Et le colonel l'encouragea à commencer à se préparer et à étudier pour les examens d'entrée sélectifs de l'atelier Humbert. En accordant cette permission à sa fille, le colonel Jungbluth comprenait aussi qu'il lui offrait la possibilité de concrétiser des rêves d'artiste qu'il avait nourris en secret sans jamais les réaliser.

Comme d'habitude, la famille Jungbluth passa le mois d'août 1924 à la plage et ce fut pendant cet été-là que Gabrielle sembla s'épanouir presque du jour au lendemain ; l'adolescente godiche devint une jeune femme. Ses longues jambes qui, précédemment, avaient la fragilité un peu gauche de celles d'un jeune poulain, prirent une nouvelle forme, plus pleine, plus mûre, et sa démarche assurée, le balancement naturel de ses hanches lorsqu'elle parcourait les planches faisaient tourner la tête aux hommes. Ses lèvres rouges et pleines, son sourire fugace et chaleureux séduisaient les gens par leur innocence instinctive et, lorsque Gabrielle se tournait vers quelqu'un, il avait l'impression d'être la personne la plus importante au monde. Elle portait ses épais cheveux noirs en chignon sur le sommet de sa tête et, lorsqu'elle les sortait de son bonnet de bain, ils descendaient jusqu'au milieu de son dos. Et la profondeur de son regard laissait supposer qu'elle possédait une sagesse supérieure à celle de son âge – un mystère impénétrable que l'on trouve parfois dans le cœur des artistes.

C'est ainsi qu'à l'automne de cette année-là Gabrielle Odile Rosalie Jungbluth était arrivée à Paris et s'était installée, grâce aux relations de son père, au foyer de jeunes filles de la rue Denfert-Rochereau à Montparnasse. L'atelier du peintre classique Jacques Ferdinand Humbert, professeur depuis longtemps, était le premier et le seul en son genre destiné aux femmes, et la concurrence était donc féroce pour obtenir une de ces rares places tant convoitées. Comme elle était inscrite à l'école, Gabrielle se présentait à l'atelier Humbert en tant qu'« élève libre », un public pour lequel il y avait encore moins de disponibilités. C'était le professeur lui-même qui choisissait ses élèves, sur la base de critères qu'il décidait, et il avait conçu une série d'épreuves qui exigeait des candidates qu'elles dessinent « en loge », dans trois disciplines différentes : l'anatomie, la perspective et le portrait.

Gabrielle avait été la plus jeune candidate ce semestre-là, mais elle avait un talent particulier pour rendre la forme humaine et, dans les résultats de ses tests, le professeur Humbert reconnaissait non seulement une certaine maîtrise technique, même si elle était brute et peu raffinée, mais aussi quelque chose de plus profond, quelque chose qu'il parvenait moins à qualifier ou définir, mais qu'en plusieurs décennies il n'avait vu que chez une poignée d'étudiants, dont le jeune Georges Braque. Le professeur avait 83 ans, il était en grande partie le produit du siècle précédent et il entamait les dernières années de sa très longue carrière d'enseignant. Ce n'était pas un homme sentimental, ni quelqu'un qui cédait volontiers à la fantaisie, mais s'il avait été capable de formuler en mots ce qui était surtout un ressenti, il aurait reconnu, dans les créations de la jeune Jungbluth, une force de caractère essentielle, un sens artistique soutenu par une véritable passion. Cette qualité était suffisante, selon l'avis de Humbert, pour sélectionner Gabrielle parmi une douzaine d'autres candidates, techniquement plus performantes. Son travail était tout simplement plus audacieux, plus franc et plus intéressant.

V

Peut-être parce que ses parents n'avaient pas eu de fils et que Gabrielle n'avait jamais eu de frères pour lui faire croire autre chose, elle avait grandi dans la certitude qu'elle était l'égale des garçons, bien que ce ne fût clairement pas l'attitude dominante dans la culture de l'époque, ni au niveau de l'État, ni dans l'École des beaux-arts. De fait, ce ne fut qu'en 1896 que les femmes eurent l'autorisation de fréquenter la bibliothèque de l'école et d'assister à des cours dans les salles de conférences. Et il fallut attendre l'année suivante pour qu'elles soient acceptées comme étudiantes à part entière. En 1900, les femmes aspirants peintres eurent finalement droit à un atelier qui leur était réservé. Pourtant, un quart de siècle après, lorsque Gabrielle commença à étudier sous la houlette du professeur Humbert, les femmes n'avaient toujours pas le droit de participer aux nombreux ateliers ouverts aux hommes, pour des raisons d'« inconvenance ».

En tant qu'élève libre, Gabrielle avait accès à la bibliothèque de l'école et, fréquemment, après ses cours à l'atelier, elle se consacrait à des lectures sur des sujets d'histoire de l'art et sur la peinture en général, imposées par le professeur Humbert, qui demandait aussi régulièrement à ses élèves de composer des essais sur différents thèmes.

Un après-midi, alors que Gabrielle se trouvait à la bibliothèque pour effectuer des recherches avant d'écrire un devoir qu'elle avait l'intention de soumettre au professeur, sur une question qu'elle avait elle-même choisie, un garçon s'approcha de sa table et s'assit à côté d'elle.

« Sur quoi travaillez-vous, mademoiselle ? chuchota-t-il.

— Cela ne vous regarde pas, répondit Gabrielle.

— Je m'appelle Adrian Fleury, dit le garçon avec un peu d'affectation, comme si son nom était déjà connu dans le milieu de l'art. Je suis étudiant ici. Je vais devenir un grand sculpteur.

— Je suis contente pour vous, dit-elle. Mais je suis occupée. Laissez-moi tranquille, s'il vous plaît.

— Et vous ?

— Et moi, quoi ?

— Qui êtes-vous ?

— Une élève de l'atelier Humbert.

— Ah, oui, bien sûr, la classe des filles », dit-il avec dédain.

Il se pencha d'une manière autoritaire sur le cahier de Gabrielle.

— « "L'histoire des femmes peintres dans le monde de l'art", lut-il. Eh bien, cet essai sera certainement très court.

— Pourquoi dites-vous une chose pareille ? demanda-t-elle.

— Parce que tout le monde sait que le nombre de femmes artistes accomplies dans l'histoire a été très faible. Clairement, le sexe féminin en général n'a jamais eu de grandes dispositions pour la peinture ni la sculpture, ni, d'ailleurs, pour la littérature. Vous n'êtes tout simplement pas douées pour ces choses-là.

— Et pour quelles choses sommes-nous douées, d'après vous ? demanda Gabrielle.

— Historiquement, dit le garçon, la fonction la plus importante que les femmes ont toujours occupée, c'est celle de muses pour les artistes hommes.

— Ah, oui, poser comme modèles, nettoyer vos studios, laver vos pinceaux et effectuer un certain nombre d'autres tâches, est-ce bien cela ?

— Exactement.

— Ce qui est précisément la thèse de mon essai, dit Gabrielle. L'idée que, tout au long de l'histoire, les femmes se sont vu refuser l'accès à l'instruction dans les domaines artistiques. Si de telles voies nous sont généralement fermées, comment pouvons-nous développer les facilités dont vous parlez ?

— Je voudrais que vous veniez à mon atelier et que vous posiez pour moi, dit le jeune homme comme s'il n'avait pas entendu un mot de ce qu'elle avait dit. Je vous immortaliserai dans l'argile.

— Et souhaitez-vous que je pose nue pour vous ?

— Eh bien, oui, c'est bien à cela que je pensais. »

Gabrielle rit.

« Vous êtes bien égocentrique. Et vous êtes un imbécile.

— Je vous demande pardon ?

— Je n'envisagerais pas une seconde de poser pour vous, ni nue ni complètement vêtue, dit-elle. Je suis peintre, pas modèle. Maintenant, laissez-moi tranquille. »

C'est ainsi que, dès son premier semestre à l'atelier, Gabrielle commença à se forger une réputation, parmi les étudiants et les professeurs, de semeuse de troubles, d'agitatrice, de contestataire, de féministe et peut-être aussi de lesbienne, même si, assurément, elle avait aussi quelques amis et soutiens du même tempérament. L'École des beaux-arts et les ateliers qui y étaient associés étaient encore des institutions de l'*establishment*, gérées par des érudits qui se cramponnaient avec entêtement à des croyances enracinées depuis le siècle précédent selon lesquelles les femmes devaient être tolérées, cajolées si nécessaire, mais largement ignorées.

Malgré tout, le professeur Humbert était extrêmement fier de ses élèves, même si seules quelques-unes avaient pu embrasser une carrière leur permettant de vivre de leur talent depuis qu'il avait commencé à enseigner dans son atelier aux Beaux-Arts, près de vingt-cinq ans auparavant. C'était un professeur exigeant, mais il avait mauvais caractère, se mettait facilement en colère et il était impitoyable dans ses jugements ; il lui arriva de faire pleurer certaines de ses élèves par ses diatribes contre leur style, leur technique, leur manque de talent. Mais peu importait la férocité des critiques que le professeur formulait sur son travail, Gabrielle restait optimiste et jamais elle ne cédait aux larmes. En plus de son assurance innée, Gabrielle avait appris de son père, militaire de carrière, un certain stoïcisme. Trop fière pour pleurer, elle aurait préféré mourir que de donner à Humbert la satisfaction de la voir se conduire comme ce qui était attendu d'un membre du sexe faible. Elle recevait ses attaques avec un petit sourire énigmatique, qui réussissait même, elle l'avait constaté, à déconcerter son professeur.

Malgré l'excessive sévérité dont il faisait parfois preuve, Gabrielle comprenait qu'elle avait beaucoup à apprendre de lui sur les fondamentaux de la peinture. Même s'il résistait au changement, comme c'est si souvent le cas des vieux messieurs, et s'il se montrait inflexible quant à ses idées et à ses méthodes, Gabrielle en vint à apprécier l'honnêteté de sa critique et son exigence sur l'exactitude. Il était évident qu'il s'investissait beaucoup dans son atelier et elle était déterminée à être une élève assidue et, pour progresser, à travailler plus dur que toutes les autres.

Pour sa part, le professeur Humbert avait renoncé depuis longtemps à toute illusion sur l'empreinte qu'il laisserait dans la postérité en tant qu'artiste. Il était certes un bon peintre classique, plus que compétent, mais il lui manquait cette étincelle de génie qui était nécessaire pour dépasser le niveau d'une certaine médiocrité. Alors qu'il entamait la dernière décennie de sa vie et de sa carrière, Humbert commença à se rendre compte qu'il aurait plus de chances de rester dans les mémoires comme professeur. Cela faisait suffisamment longtemps qu'il était dans le métier pour savoir que le génie était une qualité indéfinissable et que, même avéré, il ne suffisait pas à garantir le succès. En effet, certains des étudiants les plus doués qu'il avait eus dans sa longue carrière n'avaient pas réussi à percer, parce qu'ils étaient dépourvus, finalement, de cette autre caractéristique indéfinissable – la motivation, la ténacité, ou simplement la nécessaire foi en eux-mêmes et la confiance dans la valeur de leur travail. Pour chaque Georges Braque qu'il avait formé, il y avait eu un millier d'autres artistes qui, peut-être au départ, avaient paru tout aussi prometteurs, mais qui avaient sombré dans les limbes de l'oubli.

Avec les années, le professeur avait développé une capacité presque infaillible à identifier rapidement les élèves qui avaient les meilleures chances d'accomplir une authentique carrière artistique. Chez la jeune Jungbluth, il vit le talent brut qu'il fallait, mais plus que cela, il repéra sa soif artistique, qui semblait avoir une dimension presque sensuelle. Il savait que c'était ce don qui lui avait manqué, à lui. Parfois, les vieux érudits qui ont renoncé depuis longtemps à leurs rêves d'artiste ont inconsciemment envie de décourager, voire d'étouffer de tels embrasements chez leurs élèves. Dans presque toutes les classes il y avait au moins un agitateur, un étudiant qui testait son autorité et se rebellait contre les conventions, et le professeur Humbert comprit aisément que cette année-là, ce serait indubitablement Mlle Jungbluth.

BOGEY

1918-1924

I

Juste avant l'aube, le 11 novembre 1918, le légionnaire 1re classe Bogart Lambert (qui, pour les exceptionnels services qu'il avait rendus à la Légion étrangère, avait été promu) chevauchait vers le nord, du champ de bataille de Mézières, en France, vers Mons, en Belgique.

Bogey s'était mis en route la veille en milieu de journée et n'avait pas mis pied à terre depuis son départ ; il avait galopé toute la nuit sous une demi-lune pour porter une dépêche aux commandements des forces britanniques et américaines, qui les informait qu'après quatre années de combat la Somme avait enfin été reprise. L'hiver commençait à se faire sentir ; une bruine glaciale se mit à tomber et Bogey enfila le long manteau en toile huilée qu'il portait lorsqu'il s'occupait du bétail, là-bas, chez lui, il y a si longtemps – des siècles, lui semblait-il.

Cela faisait deux ans maintenant que Bogey était arrivé en France et plus d'un an et demi qu'il était sur le front. Il n'était plus un garçon ingénu avec, plein la tête, des rêves romanesques de gloire sur le champ de bataille ; il était devenu un vétéran endurci au combat, qui avait été témoin des pires atrocités que peuvent commettre les êtres humains possédés par une envie de s'entretuer. Il transcrivait ses expériences dans des carnets, qu'il confiait à un ami de son régiment chaque fois qu'il partait en mission. Il ne savait pas ce qu'il ferait de ces récits une fois que la guerre serait terminée et il se demandait comment, à son retour, il pourrait ne serait-ce que tenter de raconter aux siens et à ses amis ce qu'il avait vécu. Et quel bien y aurait-il à leur révéler l'épouvantable vérité ? Ces deux dernières années, il avait écrit de nombreuses lettres à sa famille, mais de plus en plus, à mesure que la guerre se prolongeait et que les destructions s'étendaient, les mots commençaient à lui manquer. Il avait fini par en conclure que les combats ne pouvaient être évoqués par de simples vocables, que la guerre pouvait seulement être décrite par le grondement assourdissant des obus qu'on largue, le vrombissement de l'artillerie qui approche, le fracas des explosions et le crépitement des tirs de mitrailleuses, accompagnés du refrain incessant qui rythmait ces sons élémentaires du carnage, les hurlements des soldats blessés ou à l'agonie.

Bogey rabattit son chapeau sur son front et remonta son col pour se protéger de la pluie glaciale, qui se transformait maintenant en neige mouillée. Bien que le soleil ne soit pas encore levé, l'horizon était déjà éclairé par les bombardements matinaux. Il se demanda s'il y aurait un nouvel hiver de guerre, si la guerre cesserait un jour, s'il rentrerait un jour chez lui. Après tout ce qu'il avait vu, ces lieux, ce temps ressemblaient à un mirage et sa jeunesse au ranch paraissait n'être plus qu'un vague souvenir de la vie de quelqu'un d'autre.

Il chevauchait lentement ce matin-là car Crazy Horse avait perdu un fer pendant la nuit et il boitait.

Ils étaient tous deux épuisés. Ils avancèrent sur des plaines désertes et brûlées, constellées d'arbres morts, de cratères d'obus, de tranchées abandonnées et de fil de fer barbelé, une terre devenue stérile, investie depuis quatre ans et sur laquelle rien ne pouvait plus pousser, pas un seul brin d'herbe. C'était un paysage qui pouvait faire perdre espoir à l'homme, un pays de fantômes hurlants qui puaient la mort. Ce n'est pas la guerre, se dit Bogey, c'est la fin du monde. Il ne savait pas s'il croyait ou non à l'enfer, mais s'il existait, il imaginait qu'il devait ressembler à ça et il espérait qu'il n'aurait jamais à y retourner.

Lorsque le ciel commença à s'éclairer à l'est, Bogey essaya de se rappeler les prés chez lui, à la saison des regains, à l'automne, avec les attelages de chevaux de trait dans les champs, les tas d'herbe encore verte, les riches et agréables odeurs de la sueur de l'homme mêlée à celle du cheval, à celle du foin fraîchement coupé. Il se souvint que, lorsqu'il était encore un jeune garçon, son travail consistait à descendre le matin jusqu'au torrent avec son ami Clarence, le fils du voisin, et ils devaient tous les deux pêcher assez de truites pour remplir le petit chariot qu'ils avaient apporté avec eux ; puis sa mère faisait cuire les poissons destinés à nourrir les faneurs à midi. Et Bogey revit la belle teinte dorée que prenaient les champs dans les jours qui suivaient les foins, à mesure que progressait l'automne, et les couleurs orange, rouges et jaunes des trembles dans la montagne. Il se dit que s'il pouvait garder en mémoire ces images des variations saisonnières, d'un monde où étaient inscrits la croissance et le renouveau, où les années se suivaient et se ressemblaient, il parviendrait peut-être à rester à peu près sain d'esprit.

La route qui conduisait à Mons était étrangement déserte, bizarrement silencieuse, à l'exception du grondement sourd de la guerre, au loin, comme un orage à bonne distance. Les armées alliées avaient ici aussi repoussé le front vers le nord et l'est, forçant les Allemands à reculer, à revenir sur leurs pas. Et comme tant d'hommes qui font la guerre, Bogey commença à se demander : à quoi tout cela servait-il ? Tous ces morts, toutes ces terres dévastées, pour que finalement les survivants rentrent chez eux par où ils étaient venus. Bogey entendit soudain le lourd battement de grandes ailes et, avant même de lever les yeux, il reconnut le bruit – il l'avait souvent entendu chez lui. Lorsqu'il leva la tête vers le ciel, il éprouva un certain réconfort en voyant un corbeau qui volait au-dessus de lui, un autre être vivant avec qui il partageait cette aurore glaciale et sinistre. Et ainsi que les corbeaux le font souvent, l'oiseau sociable croassa à son intention en passant au-dessus de lui et Bogey croassa à son tour, comme il le faisait dans son pays.

À cet instant précis où le corbeau remarqua le cavalier et son cheval, et où l'homme leva les yeux et répondit à son salut, une énorme détonation retentit sous eux ; un immense nuage noir, mélange de fumée, de terre, d'éclats d'obus, de chair, de sang et d'os, obscurcit l'air. Le corbeau ne les vit plus et il fut projeté verticalement par le brusque courant d'air chaud. Virant subitement de façon à ne pas être touché par les débris qui volaient en tous sens, le corbeau croassa à nouveau, en colère, cette fois, lui aussi las de voir ce spectacle de la mort, de la folie humaine. Et il poursuivit sa route.

II

On était au printemps et il se trouvait à l'extrémité d'une conduite d'irrigation, au ranch ; quelqu'un lui parlait depuis l'autre extrémité, c'était forcément son père, mais sa voix était si faible, si lointaine qu'il n'arrivait pas à comprendre les mots, qu'il ne percevait qu'une résonance, un écho.

« C'est toi, papa ? demanda-t-il. Je ne t'entends pas. Qu'est-ce que tu fais, au fond de cette conduite ? Parle plus fort, je ne t'entends pas.

— Est-ce que vous m'entendez ? » fit la voix.

Ce n'était pas celle de son père, finalement, mais celle d'un étranger. « Est-ce que vous comprenez ce que je vous dis ? »

Bogey ouvrit les yeux et vit le visage d'un homme tout près du sien.

« Qui êtes-vous ? demanda-t-il.

— Je suis le Dr Fergus Macleod, répondit l'homme. Et vous, qui êtes-vous ?

— Bogart Lambert.

— Parfait ! dit le docteur. Cela fait un bon moment que vous êtes ici, monsieur Lambert, et je suis très heureux de vous parler enfin. Comment vous sentez-vous ?

— Où suis-je ?

— À l'hôpital militaire d'Édimbourg, en Écosse, monsieur Lambert.

— Pourquoi ? Comment suis-je arrivé ici ?

— Est-ce que vous pouvez me dire de quelle nationalité vous êtes ?

— Je suis américain. Mais pourquoi suis-je ici ?

— Splendide ! dit le docteur. Et savez-vous pour quelle raison vous étiez en France ?

— Je ne répondrai plus à aucune question jusqu'à ce que vous me disiez pourquoi et comment j'ai atterri ici.

— Je comprends, monsieur Lambert. Mais, voyez-vous, j'essaie seulement d'évaluer l'état de votre mental. Vous avez été grièvement blessé et vous avez passé quatre mois dans le coma. Vous avez été touché dans une violente explosion sur un site de guerre à la frontière entre la France et la Belgique. Ce sont des soldats écossais qui montaient au front qui vous ont trouvé. Comprenez-vous bien tout ce que je vous dis, monsieur Lambert ?

— Oui.

— Excellent. Vous ne portiez aucun signe d'identification lorsque vous avez été découvert. Vous étiez presque nu, pratiquement tous vos vêtements avaient été déchiquetés dans l'explosion. Étant donné les conditions météorologiques, vous seriez mort des suites de vos blessures s'ils ne vous avaient pas trouvé rapidement. Vous comprenez, pendant tout ce temps, nous n'avions aucun moyen de connaître votre identité, votre nationalité, ni de savoir ce que vous faisiez sur le front.

— Comment puis-je être sûr que vous êtes bien celui que vous prétendez être ? demanda Bogey. Vous pourriez appartenir au camp ennemi, ce pourrait être une ruse. »

Macleod rit.

« Vu l'importance de vos blessures, monsieur Lambert, et la durée de votre coma, je trouve que votre tête fonctionne avec une acuité remarquable. Lorsque je reviendrai vous voir, j'apporterai les documents nécessaires pour vous prouver mon identité. Pour l'heure, vous remarquerez peut-être à mon accent que je ne suis pas allemand.

— La guerre est-elle terminée, docteur ?

— Oui.

— Avons-nous gagné ? »

Le médecin hésita un instant et baissa les yeux.

« Oui, nous avons gagné, dit-il avec tristesse, si l'on peut parler de victoire quand on paie un tribut aussi lourd.

— Quel jour sommes-nous ? demanda Bogey.

— Le 23 mars 1919, dit le docteur.

— Et quand la guerre a-t-elle fini ?

— Officiellement, l'armistice a été signé à 11 heures le 11 novembre 1918, en gros, quatre heures après que nos soldats vous ont trouvé. Néanmoins, il a fallu un certain temps pour que la nouvelle parvienne aux premières lignes. En conséquence, il y a eu beaucoup de victimes supplémentaires dans toutes nos armées, ce dernier jour. Est-ce que je peux vous poser une dernière question, monsieur Lambert ? Quelle est la dernière chose dont vous vous souvenez ? »

Bogey réfléchit un moment.

« Le corbeau, chuchota-t-il. Je me rappelle le corbeau. » Soudain, pris de panique, Bogey essaya de s'asseoir, mais il se rendit compte qu'il était trop faible, qu'il pouvait à peine soulever sa tête de l'oreiller. « Où est Crazy Horse ? »

Le Dr Macleod posa doucement ses mains sur les épaules de son patient.

« S'il vous plaît, vous ne devez pas faire le moindre effort.

— Où est mon cheval ? »

Le docteur secoua la tête. « Votre cheval a subi l'explosion de plein fouet. Apparemment, il a marché sur une mine terrestre ou un obus qui n'avait pas encore explosé. Nous n'avons pas encore retiré tous les morceaux de shrapnel et les éclats d'os provenant de votre cheval incrustés dans vos jambes. Le corps de votre compagnon vous a sauvé la vie, mais il est mort sur le coup. La violence de l'explosion vous a propulsé à sept mètres. »

Bogey se mit à pleurer et il essaya de détourner la tête, gêné de montrer un tel signe de faiblesse devant le médecin.

« Excusez-moi. Crazy Horse était tout ce qui me restait.

— Monsieur Lambert, dit le Dr Fergus Macleod. Je comprends votre tristesse, croyez-moi. Mais, grâce à votre cheval, vous avez encore toute la vie devant vous.

— On dirait que notre chance a fini par nous abandonner, dit Bogey à mi-voix.

— Croyez-moi, jeune homme, dit le médecin, vous ne vous rendez pas compte de la chance que vous avez.

— Docteur ?

— Oui, monsieur Lambert ?

— Aujourd'hui, j'ai 20 ans.

— Ah ! Eh bien, on peut dire que vous avez reçu un beau cadeau ! »

III

Chers maman et papa,

Je suppose que la Légion étrangère vous a informés de ma mort présumée il y a quelques mois et je suis désolé de vous avoir causé tant de soucis. Aujourd'hui, vous devez avoir reçu le télégramme du médecin vous disant que je ne suis pas mort. J'imagine que vous savez aussi que je me trouve à l'hôpital militaire à Édimbourg, en Écosse. Mon brave Crazy Horse m'a sauvé la vie, mais il a été tué. D'après eux, nous avons marché sur une mine terrestre, ou peut-être un obus qui n'avait pas explosé. Que ce soit l'un ou l'autre, l'engin m'a envoyé dans le décor et Crazy Horse, tout droit en enfer (désolé pour mon langage, maman, mais c'est exactement ça). J'ai encore des morceaux de ses os incrustés dans mes jambes et, d'une certaine façon, j'aime assez cette idée, comme si, désormais, il faisait partie de moi.

Je ne sais pas exactement pourquoi, mais je ne leur ai jamais dit, à l'hôpital, que j'étais dans la Légion et je préférerais que vous ne leur disiez pas, non plus. Je fais semblant de ne pas me rappeler. C'est chose fréquente, par ici. Je crois que j'ai juste envie qu'on me laisse tranquille jusqu'à ce que j'aille mieux. J'ai été grièvement blessé dans l'explosion mais je reprends des forces tous les jours. Le docteur dit que je vais rester longtemps ici pour la rééducation et d'autres opérations, peut-être un an, peut-être même plus. J'ai encore l'impression d'être un peu mort... J'ai beaucoup d'engourdissements et de douleurs nerveuses dans les bras et dans les jambes, et il ne me reste plus de muscles. D'après le docteur, je suis resté plus de quatre mois dans le coma et il va me falloir beaucoup de temps pour revenir à un état presque normal, même s'il a clairement dit que je n'y arriverai jamais complètement. Mais j'ai déjà commencé à marcher un peu tout seul et, dès que je serai plus fort, je reprendrai la boxe. Je suis tellement maigre maintenant que vous ne me reconnaîtriez pas. Je me reconnais à peine lorsque je me regarde dans le miroir. Et je suis tellement faible, si vous saviez, que je ne pourrais même pas tenir un round sur le ring face à un chaton qui vient de naître.

Tout le monde est vraiment gentil avec moi et, du peu que je vois par la fenêtre de ma chambre, la région est très belle, elle ressemble un peu au paysage à l'est de Boulder au printemps, après de fortes pluies. Comme il y a des chances que je reste ici encore longtemps, je vais peut-être recommencer à écrire des histoires, juste pour m'aider à passer le temps. Si je le fais, je vous en enverrai. Je ne sais pas ce que sont devenus les carnets qui contenaient toutes mes vieilles histoires. Je les avais confiés à un ami légionnaire, un Américain originaire du Tennessee qui s'appelait Fred Dunn et, comme je ne suis jamais revenu, je parie qu'il les a jetés. Mais ce n'est pas grave, ces histoires ne valaient pas grand-chose, de toute manière, et à mon avis elles n'intéresseraient personne.

Lorsqu'ils m'ont retrouvé, ils n'avaient aucun moyen de savoir qui j'étais. Si j'étais mort – ce qui, d'après le docteur, aurait normalement dû arriver –, j'aurais été enterré comme un soldat inconnu sur le front et personne n'aurait jamais su ce que j'étais devenu. J'imagine que c'est ce que la Légion vous a écrit et je suis terriblement désolé du chagrin que vous avez dû en éprouver. C'est une drôle d'impression, je peux vous l'assurer, de mourir et de revenir à la vie, en se rappelant la vie d'avant mais pas la mort.

À propos, maman, je n'ai pas de vêtements et j'en ai vraiment assez de ne porter que des blouses d'hôpital. Les infirmières ne cessent de me taquiner quand je suis dans le couloir avec mon déambulateur et qu'on voit mon petit cul maigrichon. Mais je ne me laisse pas faire, je te le jure. Peut-être pourrais-tu m'envoyer quelques chemises western et un ou deux jeans ? Prends ma taille habituelle et, un jour, ils finiront bien par m'aller. Cela me donnera un moyen d'évaluer ma progression. Et s'il te plaît, n'oublie pas d'ajouter une ceinture, peut-être celle avec la vieille boucle rodéo que j'ai laissée dans ma chambre. Et une paire de bottes robustes, s'il te plaît, et un chapeau. J'ai tout perdu quand on a explosé. Absolument tout.

Je ne sais pas quand je reviendrai à la maison. Lorsque je sortirai de l'hôpital et que j'aurai fini ma rééducation, je resterai peut-être ici un moment. Ou peut-être que je retournerai passer un peu de temps en France, pour une raison que je ne peux pas encore vraiment expliquer. C'est comme si je n'avais pas terminé ce que j'avais à y faire. Je sais que vous aurez envie de venir me voir ici, mais que vous n'aurez pas l'argent pour payer le voyage. Et je sais que vous devez vous occuper du ranch et des bêtes. Ce n'est pas grave, je comprends, je veux que vous le sachiez. Et même si vous le pouviez, je ne voudrais pas que vous me voyiez dans cet état. Mais je vais retrouver des forces et, un jour, une fois que j'aurai mis un peu d'ordre dans ma tête, je rentrerai à la maison, je vous le promets. D'ici là, je continuerai à vous écrire et, s'il vous plaît, répondez-moi et donnez-moi des nouvelles de la maison. Est-ce que vous avez une bonne couche de neige sur les hauteurs, cette année ? J'imagine que le vêlage a déjà commencé. J'espère de tout cœur que le temps vous est favorable.

Votre fils aimant, de retour du pays des morts.

Bogart

IV

Et Bogart commença à avancer sur la longue route de la guérison. C'étaient ses jambes qui, dans l'explosion, avaient subi le plus fort traumatisme et, au cours des dix mois qui suivirent, les chirurgiens effectuèrent sept opérations supplémentaires pour enlever des éclats d'obus et des morceaux d'os et essayer de réparer les muscles, les tissus et les tendons endommagés.

Lorsque Bogey commença progressivement à retrouver des forces et une meilleure capacité de marche, l'hôpital le déplaça dans un bâtiment séparé où étaient logés des vétérans blessés ; c'est là qu'il poursuivit ses soins. Lorsqu'il vit certains des pensionnaires à qui il manquait un bras, une jambe, ou plus, d'autres qui étaient en état de choc et restaient toute la journée prostrés, à regarder dans le vide, ni près ni loin, et encore d'autres qui étaient si affreusement défigurés qu'ils ne ressemblaient pratiquement plus à des êtres humains, il cessa de s'apitoyer sur son sort et se mit à penser que, finalement, sa bonne étoile ne l'avait peut-être pas abandonné.

Bogey travailla dur et fit des progrès qui ne manquèrent pas d'étonner les médecins. Au bout de treize mois, ils lui permirent de commencer à s'entraîner doucement dans une salle de boxe privée, où il travaillait à mi-temps. En juin 1921, après deux années d'opérations et de rééducation, l'hôpital lui rendit sa liberté.

Le propriétaire de la salle de sport, un Écossais poids léger à la retraite qui s'appelait Archie Munro, prit Bogey sous son aile ; non seulement il lui donna du travail en échange d'entraînements gratuits, mais il l'autorisa à s'installer dans un petit appartement au-dessus du gymnase. Archie aimait bien le jeune Américain et trouvait qu'il avait du potentiel. Il se mit lui-même à entraîner Bogey, à lui trouver des partenaires et à l'inscrire à des combats avec des boxeurs de clubs locaux. À cause des graves blessures qu'il avait subies aux jambes, Bogey ne pourrait jamais retrouver la rapidité et l'agilité du jeu de jambes de sa jeunesse, mais il acquit une nouvelle maturité sous la tutelle d'Archie et il apprit à compenser la relative lenteur du bas de son corps par des combinaisons de coups plus rapides et plus efficaces. Il combattait toujours en pantalon long ou les jambes bandées de manière à ce que les spectateurs ne soient pas choqués à la vue de ses cicatrices. Comme sa masse musculaire augmentait en même temps que sa puissance, Bogey passa de la catégorie poids moyen à mi-lourd et, parce qu'il faut à tous les boxeurs un nom de ring accrocheur, le sien devint, naturellement, Bogart « le Cow-Boy » Lambert.

Invaincu dans les combats à l'intérieur de son club, le Cow-Boy commença à se faire une certaine réputation dans la région et, bientôt, Archie l'inscrivit à l'Association écossaise de boxe, et Bogey passa officiellement professionnel. Cependant, comme il avait pu s'en rendre compte, les Écossais étaient des hommes solides et les boxeurs qu'il affrontait étaient bien plus coriaces que les pugilistes de cirque sur le retour auxquels il s'était confronté chez lui, lorsqu'il était jeune. Mais Archie était dans le milieu depuis longtemps et il savait comment coacher un jeune boxeur ; le faire commencer lentement, le mettre face à des combattants moins expérimentés pour qu'il ait le temps d'affermir sa confiance en lui, avant de le faire passer au niveau supérieur. De plus, Bogey se battait désormais avec une intensité nouvelle, une colère et une agressivité qu'il ne comprenait pas vraiment, mais qu'il savait être nécessaires pour se libérer face à ses adversaires sur le ring.

Pendant plus de trois ans, Bogey combattit dans toute l'Écosse – Édimbourg, Glasgow, Aberdeen – et dans les villes plus petites de Leith, Hamilton, Airdrie et Dumfries. Il boxait essentiellement dans la catégorie des mi-lourds, où il grimpa jusqu'à la troisième place du classement national ; il lui arrivait même parfois d'être surclassé et de se confronter à des poids lourds. Cependant, lorsque les combats duraient, les jambes abîmées de Bogey le lâchaient et, à moins de parvenir à mettre son adversaire K-O rapidement, il gagnait rarement un combat qui se prolongeait. Bien sûr, il ne fallut pas longtemps pour que les autres boxeurs et leurs entraîneurs sur le circuit pro aient vent de cette faiblesse, et ils se mirent à en tirer pleinement avantage, faisant durer les combats autant que possible pour l'avoir à l'usure. C'est ainsi que Bogey « le Cow-Boy » Lambert ne put jamais tenter de conquérir un titre. Néanmoins, il parvint à gagner beaucoup d'argent, ces années-là, et à le mettre de côté.

Pendant l'automne 1924, un blanc-bec tenace de Glasgow, du nom de Boy Tweedley, qui avait la réputation de cogner en dessous de la ceinture, infligea à Bogey des séries de coups d'une brutalité extrême pendant les quinze rounds du combat. Tandis qu'Archie dénouait ses gants, à la fin du match, en attendant la décision des juges, Bogey annonça : « J'arrête, Archie. C'était mon dernier combat. À partir de ce soir, je prends ma retraite. » Il finit par être déclaré perdant et, pendant deux semaines, il pissa du sang. Quinze jours plus tard, voyageant avec un faux passeport britannique que lui avait obtenu une des relations qu'Archie Munro avait dans la pègre, Bogey prit le ferry pour traverser la Manche et posa le pied sur le sol français pour la première fois depuis cinq ans.

V

Comme c'est le cas pour de nombreux vétérans qui reviennent sur les lieux d'une guerre où ils ont combattu, la première chose que fit Bogey en arrivant en France, ce fut d'effectuer une sorte de pèlerinage à l'endroit de l'explosion. Il n'avait pas perdu son excellent sens de l'orientation et il n'eut aucun mal à repérer la route de Mons sur laquelle ils se trouvaient ce fameux jour déjà lointain. Il fut choqué de constater qu'après quatre années la terre dévastée avait à peine commencé à retrouver vie et qu'elle était aussi désolée et dépourvue de végétation qu'elle l'était ce matin-là. Au moins, les barbelés avaient disparu et la plupart des tranchées avaient été comblées par des fermiers optimistes, qui espéraient chaque année que leurs semences pousseraient à nouveau dans cette terre devenue stérile. C'était une tâche périlleuse et les agriculteurs avaient appris à équiper leurs tracteurs d'épaisses plaques métalliques placées sous les sièges, parce que, périodiquement, ils déterraient encore des obus intacts et des mines terrestres ; ils étaient nombreux à perdre la vie. Ainsi, tous les ans pendant des décennies, la Grande Guerre continuerait à faire des victimes.

Dans ce paysage morcelé, chaotique, d'autres endroits avaient été épargnés ou, tout au moins, avaient subi moins de bombardements et Bogey fut réconforté en voyant que, dans certains prés, l'herbe avait recommencé à pousser et pris une teinte d'un vert doré avec l'automne. Des chevaux et des vaches y paissaient.

Bogey parcourut cette campagne à pied et profita aussi de véhicules de passage ; il accepta de faire la dernière partie du trajet à l'arrière d'un chariot à foin, chargé d'herbe fraîchement coupée, et l'odeur lui donna le mal du pays. Bien qu'il ne s'attendît pas à retrouver l'endroit exact où l'explosion avait eu lieu, il sauta du chariot lorsqu'il sentit qu'il en était proche. Le fermier arrêta son attelage et demanda à Bogey s'il avait été soldat, parce qu'il en avait vu plusieurs revenir dans ce coin, sur les traces de leur passé. Bogey lui répondit que oui, il avait été soldat.

« Mes deux fils ont combattu, dit le fermier, mais ils n'ont pas survécu.

— J'en suis sincèrement désolé, cher monsieur. »

L'homme pointa du doigt une ferme sur une colline au loin.

« Notre ferme a été fort endommagée, dit-il. Occupée d'abord par les Boches, ensuite par les Français, puis par les Américains et les Britanniques. Elle a été bombardée, pillée, mise à sac. Mais le bâtiment est resté, par miracle, et lorsque ma femme et moi sommes revenus, nous avons tout reconstruit. J'appartiens à la troisième génération qui cultive cette terre et mes fils auraient été la quatrième, mais maintenant, je me retrouve à être le dernier. Si vous n'aviez pas été là, vous, les Américains, on parlerait tous allemand, à l'heure qu'il est. J'aimerais beaucoup vous inviter à la maison pour dîner, nous serions honorés de vous recevoir. Et si vous le souhaitez, vous pouvez passer la nuit dans la chambre de nos fils. Ma femme la tient prête à les accueillir au cas où ils reviendraient et cela nous ferait très plaisir.

— Merci, monsieur, je serais heureux d'accepter votre invitation, répondit Bogey. Puis-je vous poser une question ? Avez-vous jamais entendu parler d'un homme à cheval qui aurait été soufflé par une explosion, sur cette route, le dernier jour de la guerre ?

— Beaucoup de cavaliers sont morts sur cette route pendant la guerre, ainsi que beaucoup d'hommes à pied, dit-il. C'était un parent à vous ? Un ami ?

— Oui.

— Je m'appelle Lefebvre, dit le fermier en hochant la tête. Nous vous attendons pour dîner. »

Puis il donna un coup de rênes sur la croupe de ses chevaux et partit.

Bogey avança sur la route, essayant de se rappeler les détails de la géographie, essayant de retourner au moment où, ce matin-là, le corbeau avait volé au-dessus de sa tête et où son monde avait explosé. Il avait l'impression que, s'il pouvait juste retrouver l'endroit exact, l'instant exact, il pourrait peut-être avoir une seconde chance. Cette fois, il pourrait décrire une large courbe autour de la bombe et Crazy Horse et lui pourraient poursuivre vers Mons, et tout ce qui était arrivé ce jour-là, et dans les cinq années qui avaient suivi, serait effacé, remplacé par une réalité différente, dans laquelle aussi bien Crazy Horse que lui connaîtraient l'après-guerre, vivants et indemnes.

Et il ne serait plus seulement le fantôme de cet homme revenant sur les lieux de l'accident. Bogey sillonna le coin, mais ne parvint pas à retrouver l'endroit précis.

Il lui fallut plus d'une heure pour atteindre la ferme et ses jambes lui faisaient mal après cette longue journée de marche. Le fermier Lefebvre et sa femme l'accueillirent et lui offrirent une place à la table de la cuisine, et un verre de genièvre local. Un feu brûlait dans l'âtre, et Mme Lefebvre y fit griller de l'andouillette et cuire du chou-fleur à la vapeur ; avec le repas, ils burent l'épaisse bière brune de la région et mangèrent du pain tout chaud, puis elle servit une salade d'endives, un plateau de fromage avec un nouveau verre de genièvre et une tarte aux mûres.

« C'était délicieux, madame, dit Bogey quand ils s'assirent près du feu après le dîner pour siroter leur alcool et fumer. J'ai passé beaucoup de temps en Écosse et ils ne mangent pas comme ça, là-bas, je peux vous l'assurer. Merci. » Bogey avait l'impression qu'il s'agissait du repas que la femme avait eu l'intention d'offrir à ses fils le jour où ils rentreraient de la guerre et, maintenant, enfin, cinq ans plus tard, elle pouvait le lui servir, à lui. Il se sentait bien avec ce couple généreux et triste, qui lui rappelait les gens de chez lui, stoïques, accueillants, qui gardaient leurs réflexions pour eux et ne se plaignaient jamais. Le fermier se leva et sortit de la cuisine ; il revint quelques instants plus tard en tenant une caisse à vin en bois.

« Vous m'avez posé des questions cet après-midi sur un homme à cheval qui aurait été soufflé par une explosion sur la route, le dernier jour de la guerre, dit-il. Nous n'étions pas là, à ce moment-là, nous avions été obligés d'abandonner la ferme et n'étions pas encore revenus. Mais, après notre retour, j'ai trouvé beaucoup d'objets datant de la guerre, vraiment beaucoup, sur mes terres et j'en trouve encore aujourd'hui. Je conserve une petite collection de ces choses. Je ne sais pas pourquoi je les garde… en souvenir, j'imagine… en hommage aux hommes à qui elles appartenaient autrefois et peut-être dans l'espoir que quelqu'un vienne les réclamer un jour. J'ai dans cette boîte plusieurs objets qui ne sortent visiblement pas de selleries françaises. Qui sait, peut-être que certains ont appartenu à cet ami ou ce parent que vous cherchez par ici. Jetez donc un œil, si vous voulez. »

Lorsque le fermier lui donna la caisse, le tout premier objet que Bogey y trouva fut le mors de Crazy Horse, auquel étaient attachés plusieurs lambeaux de cuir effiloché. Il ne pouvait pas y avoir d'erreur ; Bogey l'avait réchauffé entre ses mains des milliers de fois quand il faisait froid le matin, avant de le glisser dans la bouche de Crazy Horse. Puis il saisit l'un de ses éperons, qui, de manière surprenante, était en très bon état, les lanières en cuir craquelées mais intactes. Puis le pommeau, qui s'était complètement détaché de la selle elle-même. Au fond de la caisse, il découvrit une de ses sacoches et, à l'intérieur, la médaille qu'il avait remportée lors d'une épreuve de rodéo aux Cheyenne Frontier Days, et une plume d'aigle porte-bonheur dont il ne se séparait jamais. Et enfin, il sortit le Colt Peacemaker .45 de son grand-père, dont le canon était coudé et le barillet bloqué par la rouille.

Les Lefebvre observèrent Bogey qui examinait ces objets et ils surent, à sa réaction, qu'ils devaient lui appartenir, et que c'était son cheval et lui qui avaient été soufflés dans l'explosion ce jour-là. Mais, comme c'est souvent le cas chez les gens de la campagne, quel que soit le pays, ils étaient trop discrets pour envisager une seconde de lui poser des questions et, lorsqu'ils virent ses yeux se remplir de larmes, ils se levèrent et se mirent à laver la vaisselle et nettoyer la cuisine. Ils comprenaient que le jeune homme ne souhaitait pas parler de ces événements, tout comme ils préféraient garder leur chagrin pour eux.

« Pourriez-vous m'emmener demain à l'endroit où vous avez trouvé ces objets ? demanda finalement Bogey au fermier.

— Bien sûr. »

Bogey passa plusieurs semaines avec ces braves gens, dormant dans la chambre de leurs fils, qui était en ordre parfait, comme s'ils venaient de partir et pourraient revenir d'un moment à l'autre. Pendant la journée, Bogey travaillait dans les champs avec le fermier. C'étaient des tâches qu'il connaissait et aimait, et il était heureux de retrouver le contact avec la terre. À midi et le soir, sa femme leur préparait des repas consistants. Le couple était heureux que le jeune Américain reste chez lui, mais il arriva un moment où tous surent qu'il était temps pour lui de partir, parce que tous ressentaient dans la maison la présence de fantômes, même celui de Bogey.

CHRYSIS
1925-1926

I

Même si Gabrielle avait grandi avec un père autoritaire, elle avait été gâtée par ses parents parce qu'elle était enfant unique, et il lui fallut un peu de temps pour s'adapter à ses nouvelles conditions de vie au foyer de jeunes filles. Bien qu'il soit indépendant du couvent, le foyer était dirigé par une religieuse, sœur Thérèse, une toute petite femme qui avait la corpulence d'un oiseau et qui exerçait cependant une autorité impitoyable pour faire respecter l'horaire immuable des repas, de la prière et du couvre-feu – l'heure à laquelle toutes les résidentes devaient être dans leur chambre, toutes lumières éteintes. Gabrielle savait que ses parents avaient choisi cet endroit pour qu'elle soit limitée dans ses envies d'indépendance et préservée des influences bohèmes de Montparnasse.

C'était une époque où le quartier était très animé, grâce à un afflux considérable de poètes, romanciers, peintres, sculpteurs, musiciens, danseurs – venus non seulement d'autres régions de France, mais du monde entier –, et l'atmosphère exceptionnelle qui y régnait paraissait être, pour Gabrielle, l'antidote parfait à la vie au foyer et aux journées contraintes par le règlement strict du professeur Humbert. Par exemple, les modèles hommes à l'atelier n'étaient pas autorisés à poser pour les femmes, à moins que leurs organes génitaux soient cachés, alors que ce n'était pas exigé dans l'atelier des hommes, ni lorsqu'il s'agissait de modèles femmes.

« Mais comment sommes-nous censées apprendre véritablement l'anatomie humaine, si on nous en interdit l'accès ? demanda un jour Gabrielle au professeur Humbert lorsque le modèle retira ses vêtements et prit la pose sans ôter son caleçon.

— Allez au Louvre, suggéra le professeur Humbert, ou à la bibliothèque pour voir des photographies du *David* de Michel-Ange.

— Mais ce sont des images unidimensionnelles, des représentations, protesta-t-elle, pas de véritables modèles anatomiques. Je n'ai jamais vu le pénis d'un homme en vrai. Comment puis-je peindre ce que je ne connais pas ? »

Cette remarque provoqua des réactions de stupeur et des moqueries chez certaines des autres élèves.

Le professeur s'éclaircit la voix.

« Mademoiselle Jungbluth, vous n'avez pas besoin de le peindre. Pour la simple raison que, ce matin, nous ne peignons pas des organes génitaux, mais la silhouette d'un homme.

— L'homme est donc un eunuque, professeur ? » demanda Gabrielle.

Le visage du professeur Humbert s'empourpra et toutes les élèves se préparèrent à assister à une de ses célèbres explosions de colère, chacune d'entre elles heureuse de ne pas être la victime de son ire. Mais cette fois, le professeur réussit à se contrôler et, avec un sourire calme, dit : « Continuez à travailler, s'il vous plaît, jeune fille. »

Dans un modeste geste de défi, Gabrielle peignit le modèle sans son caleçon, mais sans organes génitaux, comme ces poupées avec lesquelles elle jouait quand elle était petite et dont l'anatomie incomplète la dérangeait déjà en ce temps-là.

Tandis que le professeur effectuait sa tournée des chevalets pour donner ses instructions et corriger ses élèves, il s'arrêta à celui de Gabrielle. « Hmmmm, fit-il avec un petit sourire, pas mal, mademoiselle, pas mal du tout. »

Montparnasse, qui n'était qu'à deux pas, offrait la vision d'un monde complètement différent et, entre le moment où ses cours finissaient à l'atelier et l'heure du dîner, très tôt au foyer, Gabrielle essayait de se promener autant qu'elle le pouvait dans le quartier. Lorsqu'elle sortait du métro sur le carrefour Vavin, elle se sentait brièvement libérée des deux mondes réglementés dans lesquels elle passait le plus clair de son temps. Si elle se dépêchait, ou si le professeur libérait ses élèves un peu plus tôt, elle avait tout juste le temps de profiter du début de l'heure de l'apéritif, avant de rentrer au foyer en courant, parce que, si l'on s'asseyait à table avec ne serait-ce qu'une minute de retard, sœur Thérèse infligeait des punitions affreuses – faire toute la vaisselle du dîner, par exemple, ou pire, nettoyer les toilettes communes à chaque étage, une tâche que personne ne souhaitait exécuter, surtout juste après le repas.

Mais, dans ce quartier, au moment où les réverbères à gaz s'allumaient et où les cafés se remplissaient, Gabrielle respirait le parfum musqué et enivrant de la liberté et de l’indépendance, un mélange plein de vitalité d’hommes et de femmes, d’art et de sexe, d’amour et de violence, de pauvreté et de richesse ; tout y était, tous les aspects débridés de la nature humaine et des comportements humains, libérés de leurs entraves et prêts à s’exprimer. Elle savait instinctivement qu’elles n’étaient qu’un aperçu de ce qu’elle voulait peindre, ces scènes de début de soirée où des gens libres, beaux, excentriques sortaient pour se rencontrer, et que, derrière ces apparences, beaucoup plus tard dans la nuit, jusqu’au petit matin, se déroulaient les véritables histoires qui la captiveraient, qui nourriraient son imagination. Elle savait aussi qu’elle ne possédait pas encore les connaissances ni les talents artistiques nécessaires pour coucher sur la toile une telle richesse, une telle complexité, tant de contradictions. Il lui faudrait trouver un moyen d’entrer dans ce monde inconnu et séduisant pour le comprendre véritablement, et cette perspective l’excitait et l’effrayait tout à la fois.

II

L'hiver parisien s'estompa progressivement, les nuages froids et humides laissèrent enfin place à un timide soleil ; les tulipes fleurirent dans le jardin du Luxembourg, les bourgeons sur les marronniers et les platanes s'ouvrant d'un coup, comme en un seul jour, les pelouses et les arbres se parèrent du vert éclatant, pur et immaculé, des premiers jours du printemps, l'atmosphère de toute la ville généreusement stimulée par la simple chaleur du soleil.

Gabrielle s'était installée dans sa routine à l'atelier, entretenant toujours avec le professeur Humbert une relation assez conflictuelle, mais pourtant fondée sur un certain respect mutuel. Ils paraissaient tous deux reconnaître l'immense différence d'âge et de point de vue qui les séparait, et s'accommoder de ce gouffre considérable qui sépare les générations et qui, dans certains cas, ne pouvait tout simplement pas être franchi ; mais ils partageaient la même vénération pour l'art et, pour cette raison, le professeur accordait à Gabrielle une latitude qu'il n'aurait peut-être pas consentie à d'autres élèves.

L'atelier ne se terminait que fin juillet et, au début

de l'été, le professeur choisit les travaux qu'il jugeait dignes de figurer dans l'exposition de fin d'année de l'école. En tant que nouvelle recrue, qui n'avait commencé qu'au second semestre, Gabrielle ne fut pas surprise qu'aucun de ses dessins ni de ses tableaux ne soit choisi, mais elle en fut malgré tout déçue. Elle avait l'esprit de compétition et elle trouvait que, souvent, ses réalisations étaient de qualité supérieure à celles d'élèves plus âgées, plus expérimentées. De fait, en plusieurs occasions, le professeur avait distingué certaines de ses œuvres comme étant les plus réussies dans le cadre d'exercices particuliers, mais il les ignora au moment de son ultime sélection. Gabrielle se demanda si les contestations qu'elle opposait régulièrement à son professeur expliquaient en partie cette décision. Mais, en fait, Humbert lui-même avait une raison différente de différer ces récompenses ; il s'agissait simplement de motiver la jeune femme à produire des travaux encore meilleurs.

Comme d'habitude, les Jungbluth passèrent le mois d'août à Dieppe. Gabrielle emporta son chevalet et son matériel de peinture, parce que le professeur Humbert attendait de toutes ses élèves qu'elles continuent à travailler *en plein air** pendant leurs vacances pour lui montrer leurs productions lorsque l'atelier rouvrirait ses portes à l'automne.

À Dieppe, la famille Jungbluth louait la même maison de vacances tous les étés et, cette fois-ci, comme la précédente, des garçons commencèrent à s'intéresser à Gabrielle. Ses parents accordèrent la permission de promenades avec eux, ou de soirées au cinéma, au théâtre, ou à des concerts dans le village, mais seulement après un entretien avec le colonel, une perspective qui intimida tellement d'éventuels soupirants qu'ils finirent par ne jamais vraiment l'inviter à sortir avec eux.

Gabrielle était toujours vierge, mais il y eut cet été-là un garçon, Roger, qu'elle aimait assez, et un soir sur la plage, elle l'embrassa et lui permit de lui caresser les seins sous son chemisier. Lorsqu'elle rentra à la maison, le colonel remarqua les traces de sable sur l'arrière des bras nus de sa fille. Il l'interrogea et elle dit qu'ils s'étaient simplement allongés sur la plage et avaient parlé après la représentation théâtrale. Le jour suivant, le colonel alla jusqu'à la maison du jeune homme et parla à son père. Ce fut la dernière fois que l'on vit Roger.

Pour la punir de sa désobéissance, le père de Gabrielle décida de la priver de sorties pendant une semaine et, le soir suivant, elle se retrouva seule pendant que ses parents étaient partis dîner à l'extérieur. Comme son épouse tenait à une vie sociale, pendant leurs vacances, le colonel se sentait parfois obligé de satisfaire à ce désir de fréquenter les chics estivants du village. Gabrielle s'ennuyait, n'avait rien à faire, et elle alla dans le bureau de son père pour chercher de la lecture. Elle tomba sur un roman intitulé *Aphrodite*, d'un auteur appelé Pierre Louÿs, bien caché derrière d'autres livres sur une étagère de la bibliothèque. Intriguée, naturellement, par le titre évocateur et le fait que le livre soit ainsi dissimulé, elle pensa qu'il s'agissait d'un texte interdit, d'un volume qui avait dû appartenir à un précédent occupant de la maison, ou peut-être, aux propriétaires eux-mêmes. Cependant, lorsqu'elle l'ouvrit, elle découvrit avec surprise que la première page portait le sceau personnel de son père. Gabrielle s'assit dans le fauteuil club en cuir et se mit à lire.

Un peu plus de deux heures plus tard, elle tourna la dernière page, referma le livre posé sur ses genoux et prit une grande inspiration. *Aphrodite* était un roman érotique, ayant pour cadre l'Alexandrie antique, et il racontait l'histoire d'un amour tragique entre une belle courtisane du nom de Chrysis et un célèbre sculpteur, Démétrios. Une chose étrange s'était produite chez Gabrielle pendant sa lecture ; elle avait l'impression d'être devenue un personnage du livre, c'était comme si l'esprit troublé de la jeune courtisane s'était emparé d'elle. Et, arrivée à la fin, comme si elle émergeait lentement d'une sorte de transe, elle prit conscience qu'elle était en train de se caresser entre les jambes et elle n'en ressentit aucune honte, seulement un plaisir réconfortant.

Gabrielle se rendit compte alors qu'elle avait jusque-là vécu avec deux personnalités distinctes et qu'elle avait toujours eu la capacité de faire taire sa vraie nature, de contrôler ses élans secrets. Elle était, d'un côté, une jeune fille bien élevée, la fille docile d'une famille de militaires de haut rang, une élève assidue de l'atelier d'un peintre classique de renom. De l'autre, elle était une fille forte, décidée, qui savait ce qu'elle voulait, dotée d'un sens artistique, qui se rebellait contre son éducation et son milieu privilégié, les prétentions et conventions de sa classe sociale, et les normes d'une société dominée par les hommes où les femmes étaient maintenues dans un état de soumission. Même quand elle était petite fille, elle avait toujours nourri une vague envie d'explorer un aspect plus caché, plus mystérieux de la vie, dont, jusqu'à ce soir-là, elle connaissait à peine l'existence, sauf dans les rêves nocturnes défendus produits par son imagination. Il n'y avait que là, dans la conscience de plus en plus exacerbée de ses propres aspirations érotiques, que ses fantasmes secrets étaient parfois autorisés à s'exprimer librement, dans le noir. Maintenant, après avoir lu ce roman étrange, dérangeant, qui révélait des vérités sombres sur l'amour, la sensualité et l'art, Gabrielle se sentait une et libre pour la première fois de sa vie, comme si ses deux personnalités contradictoires s'étaient enfin fondues en une seule et sa vie en tant qu'artiste se dévoilait, très claire, devant elle.

Ce soir-là, Gabrielle connut une nouvelle naissance, sous le nom de Chrysis, et comme une affirmation constamment réitérée de sa libération, elle choisit d'adopter ce nom. Tout le reste de sa longue vie, elle signerait toutes ses œuvres Chrysis Jungbluth, même ses travaux à l'atelier, malgré la désapprobation manifeste du professeur Humbert, qui savait l'origine de ce nom. Publié à Paris en 1896, *Aphrodite* avait soulevé une controverse importante dans le pays et avait été vendu à plus de trois cent cinquante mille exemplaires, plus que n'importe quelle œuvre d'un auteur français vivant, à l'époque. C'était un de ces livres que tout le monde possédait, sans que personne l'avoue, et comme le colonel Jungbluth et tant d'autres représentants de la société respectable, hommes et femmes, le professeur avait lui-même un exemplaire du roman interdit rangé hors de vue de sa femme, au fond de sa bibliothèque.

III

Pressé par sa fille et malgré sa préférence pour la vie à la campagne, le colonel Jungbluth décida cet automne-là de louer un appartement à Montparnasse pour toute la famille. Chrysis était si impatiente de quitter le foyer de jeunes filles et ses contraintes qu'elle en avait trouvé un elle-même, au 14, boulevard Edgar-Quinet ; il donnait sur le cimetière du Montparnasse. Dans l'immeuble se trouvaient un certain nombre d'ateliers d'artistes et le colonel, comprenant que sa fille avait besoin d'un espace bien à elle pour pouvoir travailler en dehors des heures passées à l'atelier Humbert, en loua un à son intention. Chrysis était aux anges. Si sévère que soit son père, si rigide que soit l'organisation de la vie sous son toit, le colonel n'arrivait pas à la cheville de sœur Thérèse. Par ailleurs, Chrysis savait comment charmer et manipuler son père, par des stratégies auxquelles la petite religieuse s'était montrée complètement insensible.

Chrysis retourna seule à Paris au début de l'automne, deux semaines avant la reprise des cours à l'atelier. Sa mère était tombée malade et le colonel ne souhaitait pas laisser son épouse à Rouen pour accompagner sa fille. Tout en étant inquiète pour sa mère, qui avait une santé fragile, Chrysis était au fond ravie de cette occasion inespérée de profiter de sa liberté, de s'installer seule dans le nouvel appartement de la famille et dans son nouvel atelier. Ce dernier était situé au rez-de-chaussée ; il n'était pas très grand, mais il bénéficiait d'une belle lumière grâce à ses immenses baies vitrées donnant sur une cour arborée.

Chrysis avait annoncé à ses parents qu'elle était déterminée à vivre de son art, à payer le loyer de son atelier, elle se mit donc à arpenter les cafés, les bars et les restaurants du quartier pour discuter avec les propriétaires et les gérants, et les convaincre d'exposer ses œuvres. Mais, étant donné le nombre d'artistes dans le « village » à cette époque, la concurrence était rude pour une surface murale limitée.

Pendant ces quelques semaines où elle vécut seule, pour la première fois de sa vie, Chrysis se trouva aussi libre que tous ceux qu'elle avait tellement enviés à Montparnasse l'année précédente ; libre de s'habiller comme elle en avait envie, de se promener à toute heure, de fréquenter les boîtes de nuit, de boire et de danser jusqu'à l'aube si telle était son humeur. Elle se sentait enfin adulte et elle s'immergea complètement dans la vie du quartier.

Un soir où l'atmosphère était animée à La Rotonde, elle assista à une dispute qui tourna à la bagarre entre deux poètes, l'un dadaïste, l'autre surréaliste. L'échange de coups de poing se transforma rapidement en une mêlée générale lorsque les supporters respectifs des deux artistes entrèrent dans le conflit et se mirent à fracasser de la vaisselle et des chaises sur la tête de leurs opposants. La police finit par intervenir et séparer les combattants, qui furent emmenés au commissariat pour passer le reste de la nuit en cellule. Malgré toute cette agitation, assises à une table un peu à l'écart dans un coin, deux filles vêtues de costumes masculins et de cravates échangeaient des baisers et des caresses. À une table voisine, l'un des poètes surréalistes impliqués dans la bagarre s'était retiré de la mêlée juste à temps pour échapper à une interpellation, afin de pouvoir réciter des poèmes d'amour érotiques à un chanteur populaire dont il était visiblement amoureux.

Chrysis s'imprégnait de tout. Avec l'objectivité pure de l'artiste douée d'un grand sens de l'observation, elle embrassait cette expression humaine de la passion et de la liberté jusqu'à la folie, cette manière de repousser les limites des conventions, qui était tout autant le fait des femmes. Plus encore, c'étaient les femmes qui paraissaient générer la plus grande part de l'extraordinaire énergie qui faisait vibrer le quartier. Elles s'habillaient dans un nouveau style très personnel et parfois de manière complètement extravagante, elles dénudaient leurs seins, elles flirtaient, elles polémiquaient et elles inventaient leurs propres règles, défiant ainsi l'autorité présumée des hommes. Et pour tout cela, elles étaient visiblement adorées et célébrées plus que jamais, ce qui était, pour Chrysis, un enseignement important.

Cet automne-là, elle se mit à fumer des Craven « A », ces cigarettes fabriquées à Londres, qu'elle achetait dans d'élégantes boîtes métalliques rouges, et elle décida d'adopter son propre style, en assumant ce qu'il avait de plus original. Elle alla s'acheter des vêtements dans les quartiers populaires de la ville, sur les marchés africains, moyen-orientaux et asiatiques, des endroits où sa mère ne l'emmènerait jamais.

À quelques variations près, la tenue préférée de Chrysis pour se promener dans le « village » et dessiner ou peindre dans son atelier était composée d'un large pantalon bouffant rayé vert pâle et violet, noué aux chevilles par des liens en soie, et d'un ample haut marron en maille chenille, avec des manches trois quarts. Par-dessus, elle enfilait une blouse smockée couleur mastic, récupérée auprès d'un fermier qu'elle avait rencontré sur le marché des halles un samedi matin, en échange d'un dessin qu'elle avait fait de son fils et de sa fille assis à l'arrière du camion familial. Cette vareuse, qu'elle portait ouverte, était pratique avec ses grandes poches dans lesquelles elle fourrait ses chiffons, petits pinceaux et crayons. Et pour compléter cet accoutrement plutôt éclectique, elle enroulait une longue écharpe en soie indonésienne autour de ses épais cheveux noirs et glissait ses pieds dans des babouches marocaines en cuir.

Le week-end précédant la reprise des cours à l'atelier, ses parents revinrent à Paris ; elle alla les chercher à la gare Montparnasse. Son père la détailla de haut en bas, constatant que ses craintes étaient fondées ; il était en train de perdre sa petite fille, les influences bohèmes du quartier déteignaient fortement sur elle.

« Ta mère t'emmènera faire les boutiques, dit le colonel, et t'achètera des vêtements corrects pour la rentrée.

— Cela me fait aussi plaisir de vous voir, père, fit-elle en l'embrassant sur les deux joues.

— Je trouve que tu as bonne mine, ma chérie », dit sa mère, qui en secret enviait et admirait le tempérament indépendant de son artiste de fille.

S'agissant du nouveau nom que Chrysis avait adopté

et qu'elle exigeait que tout le monde utilise désormais, le colonel Jungbluth, qui savait pertinemment quelle en était l'origine et comment elle en avait eu connaissance, aurait eu du mal à exprimer une objection véhémente. Pour des raisons évidentes, il ne souhaitait pas engager une discussion sur ce point avec son épouse et c'est ainsi que le père et la fille, même s'ils n'abordèrent jamais le sujet, gardèrent pour eux le secret du roman *Aphrodite* et de la courtisane Chrysis. Cependant, pas une seule fois, de toute sa vie, le colonel n'utiliserait ce nom pour s'adresser à sa fille.

IV

Les cours reprirent à l'atelier Humbert et, lorsque Chrysis ne s'y trouvait pas, elle travaillait dans son propre atelier. Elle était assidue, investie dans son art, mais le week-end, lorsque ses parents partaient dans leur maison à Rouen, elle saisissait l'occasion pour poursuivre ses explorations de la vie nocturne de Montparnasse. Au début, elle était restée surtout spectatrice, faisant la tournée des clubs et des cafés qui proliféraient toujours dans le quartier, se familiarisant avec les particularités et excentricités de chaque endroit, apprenant quel genre de clientèle, et qui, fréquentait quels lieux. Elle avait presque toujours sur elle son bloc à dessins, dont elle se servait comme d'une sorte de rempart pour repousser les avances qu'elle ne souhaitait pas, de la même manière que l'intimité des écrivains était souvent respectée lorsqu'on les voyait travailler, penchés sur leur carnet.

Chrysis était plus jeune que les artistes du quartier, mais à mesure que sa présence devenait plus familière, elle commença inévitablement à se faire des amis et des connaissances. Elle rencontra l'artiste Jules Pascin qui, comme elle, s'installait volontiers dans les cafés pour faire des esquisses et il était souvent vu en compagnie de l'une ou de plusieurs de ses modèles. Elle croisait régulièrement le photographe américain Man Ray, au Dôme ou à La Rotonde, presque toujours accompagné de celle que tout le monde appelait simplement Kiki, la modèle préférée des artistes, une femme superbe, gaie et très chic. Elle portait des tenues qu'elle créait elle-même et qui, souvent, dénudaient sa poitrine ; visiblement, elle avait ses convictions et elle les assumait. Parfois, Kiki arrivait au café enveloppée dans un manteau de fourrure, qui, par hasard, s'ouvrait une fois qu'elle était assise et révélait qu'elle était en dessous entièrement nue. Et elle expliquait cela par des contraintes pratiques : elle avait un rendez-vous pour poser et elle ne voulait pas que sa peau soit marquée par les élastiques des sous-vêtements.

Un jour, au Dôme, Chrysis rencontra l'amusant Japonais Foujita, avec sa frange, sa minuscule moustache et ses lunettes rondes cerclées d'écaille. Il lui demanda de venir dans son studio rue Delambre pour poser pour lui, mais elle refusa, comme à son habitude avec ce genre d'invitation. Chrysis connaissait son travail, après l'avoir vu exposé au Salon d'automne. Foujita était assez réputé dans le milieu parisien de l'art et, en avril de cette même année, il s'était vu décoré de la Légion d'honneur. En son for intérieur, elle se demandait ce que son succès devait à son excentricité et à son exotisme ; elle trouvait qu'il avait bien plus de talent pour se promouvoir que pour peindre.

Chrysis voyait souvent Picasso dans les rues ou dans l'un ou l'autre des cafés. Il était sans conteste le plus renommé des artistes et elle était bien trop intimidée pour lui parler. Mais, un jour, elle repéra Georges

Braque à La Rotonde, elle l'approcha et se présenta comme une élève de son ancien maître, le professeur Humbert.

« Le vieux bonhomme sévit toujours, on dirait ? fit Braque. J'imagine qu'il est plus irascible que jamais. Vous savez, j'ai suivi son enseignement il y a plus de vingt ans. C'est un bon professeur et avec lui j'ai beaucoup appris. Mais nous nous sommes perdus de vue avec les années. Il a toléré ma période fauve mais je crains qu'il ne m'ait jamais pardonné mon cubisme.

— Oui, monsieur, je le sais, dit Chrysis. Il parle encore de vous en cours. Et malgré son dédain pour le cubisme, il vous tient en très haute estime.

— Je suis heureux de l'apprendre, jeune dame, dit Braque. Je vous remercie. Bonne chance à vous. Et transmettez mes salutations au professeur. »

Chrysis fit la connaissance de l'artiste russe Chaïm Soutine, qui avait, quelques années auparavant, étudié aussi dans l'un des ateliers de l'École des beaux-arts. Soutine paraissait être un homme simple, doux, et Chrysis admirait ses modestes tenues d'ouvrier, qu'il portait même lorsqu'il venait au café. Un jour, il l'invita dans son atelier rue du Saint-Gothard pour lui montrer certaines de ses œuvres. Le peintre travaillait à ce moment-là sur une série d'études inspirées par *Le Bœuf écorché*, de Rembrandt, et Chrysis découvrit avec stupeur qu'il avait une carcasse entière accrochée au plafond de son local ; la charogne commençait à pourrir et dégageait une puanteur qui manqua la faire défaillir. « Vous voyez, jeune dame, dit Soutine en lui montrant la toile inachevée, posée sur son chevalet. Tel est le potentiel pouvoir de l'art ; il peut triompher de la putridité et même en être inspiré. Souvenez-vous bien, il n'y a pas de sujet qui soit hors de la portée de l'artiste, à partir du moment où il se sent engagé. »

Un autre jour, au Dôme, Chrysis rencontra l'artiste polonais Moïse Kisling qui, à son tour, la présenta à un de ses jeunes compatriotes, un poète gitan du nom de Casmir Luka, qui venait d'arriver à Paris. C'était un grand et beau jeune homme, à la peau mate et aux cheveux noirs bouclés, le visage sculpté par une mâchoire carrée et de hautes pommettes. Chrysis se sentit attirée par le gitan et elle lui demanda la permission de le dessiner. « Oui, vous pouvez me dessiner, si vous me permettez d'écrire un poème sur vous, dit-il. Et si vous m'offrez un bol de soupe, car je n'ai pas un sou. »

En plus des endroits populaires autour du carrefour Vavin, Chrysis commença à fréquenter certains lieux nocturnes plus petits, plus intimes, en particulier ceux qui offraient de la musique et où l'on pouvait danser, comme Le Jockey, La Cigogne, Le Parnasse, La Jungle, et, surtout, Le Bal nègre, un club minuscule en retrait de la rue Blomet, où se retrouvaient des travailleurs immigrés originaires des Antilles pour écouter des orchestres de jazz nègres. Chrysis adorait danser, adorait le jazz et le blues, et elle apprit tous les nouveaux pas introduits à Paris par les nombreux Américains venus après la guerre. Elle aimait les musiciens noirs et, dans les clubs, elle dansait aussi bien avec les hommes qu'avec les femmes, selon la personne qui l'invitait en premier, peu lui importait, du moment qu'elle dansait, qu'elle ne restait pas assise, qu'elle pouvait dépenser son inépuisable énergie. Parfois, lorsqu'une femme la tenait dans ses bras et que leurs corps se touchaient au rythme sensuel de la musique,

Chrysis ressentait des frissons qui lui étaient inconnus. Cela ne la dérangeait en rien et elle n'essaya pas de refouler ces sensations ; au contraire, elle était intriguée par ce désir nouveau qui se manifestait en elle. Elle était jeune, vivante, réceptive à toutes les stimulations, elle ne faisait pas de distinction entre l'art et la vie, qu'elle embrassait avec un appétit insatiable.

Chrysis traversait parfois la Seine pour rejoindre la rive droite et aller au Bœuf sur le toit, qui avait la plus grande piste de danse et parfois les meilleurs orchestres de jazz de la ville. Là, elle vit souvent l'illustre dramaturge Jean Cocteau entouré de sa cour. Kiki s'y produisait parfois en s'accompagnant au piano ; elle avait une voix épouvantable, mais une vivacité contagieuse lorsqu'elle parlait ou chantait, et généralement à moitié ivre, elle gratifiait le public de chansons paillardes qui le charmaient et l'émoustillaient. Le bar était décoré de tableaux surréalistes de Picabia, que Chrysis n'affectionnait pas particulièrement. Mais elle n'avait pas connu la guerre et elle n'était pas encore assez âgée ni assez expérimentée pour tomber dans le cynisme ou apprécier la déconstruction. Le monde lui paraissait encore merveilleux, riche d'aventures, de promesses et d'espoirs infinis, plein de couleurs, de sensualité, de lumière et de rires, et c'était cela qu'elle voulait saisir dans ses peintures.

En dehors des artistes de l'*establishment*, plus âgés, le « village » était fréquenté, dans ces années-là, par des douzaines, des centaines, des milliers de jeunes aspirants romanciers, poètes, peintres, sculpteurs, modèles, étudiants et autres parasites, de toutes races et de toutes nationalités, dont la grande majorité ne seraient jamais connus dans leur domaine et dont on n'entendrait jamais parler. Mais, dans ce bref moment de grâce particulier à la jeunesse, personne ne pouvait encore le savoir, et pour Chrysis elle-même, comme pour ceux qui de fait s'efforçaient de progresser dans leur art, tout paraissait encore possible, les rêves n'étaient pas encore anéantis par la marche inexorable du temps et de la réalité.

V

À l'automne de cette année-là, un nouveau café, Le Select, ouvrit ses portes au coin du boulevard du Montparnasse et de la rue Vavin. Immédiatement, il eut la faveur des écrivains et des peintres du « village », qui furent nombreux à délaisser La Rotonde et Le Dôme pour en faire leur nouveau lieu de prédilection.

Un froid après-midi humide, à la mi-novembre, par les rues jonchées de feuilles mortes détrempées, alors que tombait une bruine décourageante, Chrysis s'approcha du Select. En proie à une vague mélancolie de saison, elle regarda à travers la vitre un peu embuée, entre les coulures provoquées par la condensation sur le verre chauffé de l'intérieur. C'était un jour où elle aurait été heureuse d'avoir un peu de compagnie et elle se mit à chercher un visage connu parmi les clients du café.

Elle vit un homme assis seul à une table contre le mur, écrivant dans un carnet ; à cet instant précis, il leva la tête. Ils échangèrent un regard, lui dans la chaleur du café, elle sur le trottoir froid et mouillé. Il était apparemment concentré sur ce qu'il était en train d'écrire ; bien qu'il parût la regarder droit dans les yeux, son regard sembla la traverser de part en part, comme si elle était invisible ou transparente. Pourtant, dans la brièveté de cet échange, Chrysis se dit qu'elle était tombée amoureuse. Elle n'avait jamais vu auparavant des yeux aussi extraordinaires – noirs, doux, tristes, habités ; sa gorge se serra au point de bloquer sa respiration et elle eut l'étrange sensation de perdre l'équilibre. Elle rougit et détourna le regard, alla jusqu'à la porte et entra, avant d'enlever son écharpe et son manteau, sous lequel elle cachait, à l'abri de la neige, son bloc à dessins. Elle suspendit son manteau à la patère à côté de la porte, choisit une table à l'opposé de celle de l'homme, ouvrit son bloc et, discrètement, se mit à le dessiner.

De temps en temps, il marquait un temps d'arrêt dans son activité d'écriture et levait la tête, pensif, comme s'il réfléchissait à un mot, une tournure de phrase, avant de retourner à son texte. C'était curieux, cette façon qu'il avait d'être complètement isolé, indépendant, comme s'il existait uniquement en lui-même, comme s'il n'était pas tout à fait connecté au monde extérieur, sauf dans ces brefs moments où ses yeux trahissaient une douleur cachée. Chrysis se dit que, si elle réussissait à saisir l'émotion subtile que ces yeux exprimaient, elle serait une véritable artiste.

L'homme avait les cheveux noirs, des traits forts, et même assis, on voyait bien qu'il était grand et élancé. Tout en dessinant, elle remarqua aussi qu'il avait de belles mains aux contours puissants, les mains d'un homme qui avait une activité physique, et en les esquissant sur sa feuille, elle sentit monter son excitation à l'idée de leurs caresses sur son corps.

Alors qu'elle finissait son dessin, Chrysis jeta un

coup d'œil sur le visage de l'homme qui écrivait et elle crut voir des larmes perler au coin de ses yeux. Elle détourna rapidement le regard, gênée d'avoir surpris ce moment d'une telle intimité. Elle termina son dessin et posa son bloc sur la table ; presque au même moment, l'homme referma son carnet. Il plongea la main dans sa poche, en sortit un peu de monnaie, regarda la note et déposa quelques pièces dans la soucoupe. Il se leva. Elle vit qu'il portait des bottes de cow-boy et un Levi's. Les cow-boys et les Indiens faisaient fureur à cette époque à Montparnasse, surtout dans les bals où tout le monde se déguisait pour prétendre être quelqu'un d'autre, mais elle ne pensait pas que ces vêtements soient une affectation de la part de cet homme, ni un déguisement.

Lorsqu'il marcha jusqu'au portemanteau installé à côté de la porte, il passa devant sa table sans lui accorder un regard et Chrysis dit : « Excusez-moi, monsieur, je viens de vous dessiner. Voudriez-vous voir le résultat ? »

L'homme s'arrêta, se tourna et la regarda sans ciller, de ses yeux saisissants. On aurait dit qu'il la voyait pour la première fois, qu'il n'avait pas vraiment compris ce qu'elle venait de lui dire, ou qu'il était surpris qu'on s'adresse à lui de cette manière. Chrysis se sentit rougir. « Je vous prie de m'excuser de vous avoir dérangé, monsieur », dit-elle, déroutée par l'étrange pouvoir de son regard, qui paraissait posséder une sorte d'omniscience douloureuse, comme si c'était son âme blessée qui venait toucher la sienne. Tout à coup, son assurance avait disparu et elle se sentit aussi idiote qu'une écolière. « Je… je pensais juste que cela vous ferait peut-être plaisir de voir le dessin que j'ai fait de vous pendant que vous travailliez. Puis-je… vous le montrer ? »

L'homme continua à la fixer de ses yeux noirs, son regard perça la poitrine de Chrysis, dénuda son cœur battant, exposa ses peurs et ses désirs les plus secrets qui semblèrent s'étaler sur le sol du café comme une flaque de sang. Pour finir, il hocha la tête. « Non, non, merci », dit-il. Il alla jusqu'à la porte, prit un long manteau en toile, l'enfila, remonta le col bien haut autour de son cou ; il saisit un chapeau de cow-boy sur un crochet, le posa sur sa tête et, sans regarder derrière lui, poussa la porte et disparut dans la pénombre du crépuscule d'hiver.

Chrysis le regarda s'éloigner, le cœur battant la chamade, tout son corps en émoi, embrasé. Ce n'est que plus tard qu'elle se rendit compte qu'elle ne savait même pas comment il s'appelait, ni si elle le reverrait un jour.

VI

Chrysis quitta Le Select et descendit la rue jusqu'au Dôme, où elle savait qu'elle trouverait son ami Casmir, le poète gitan, à qui Kisling l'avait présentée. Casmir était très pauvre et portait des vêtements raccommodés et des chaussures trouées ; chaque fois qu'elle le voyait, il avait l'air plus miteux. Elle ne savait pas s'il était un bon poète, mais il paraissait gentil et doux, et elle s'inquiétait de ses chances de survivre à Paris.

« Est-ce que je peux m'asseoir avec toi, Casmir ? demanda-t-elle.

— Bien sûr, Chrysis. M'offrirais-tu un bol de soupe ?

— Oui, ce que tu veux. Je suis venue te trouver parce que je voudrais te demander un service très personnel.

— Eh bien, je t'écoute.

— Je crois que je suis tombée amoureuse.

— Quand ?

— Là, maintenant.

— De moi ?

— Non, pas de toi, dit Chrysis avec un gentil sourire. Mais je veux que tu me ramènes chez toi.

Une fois que tu auras mangé ta soupe, je voudrais que tu m'emmènes chez toi et que tu m'apprennes ce qu'est l'amour. »

Il fallait moins de cinq minutes à pied pour aller du Dôme jusqu'au logement du poète, une misérable mansarde au coin de la rue de Chevreuse. Ils marchèrent vite et sans parler. Ils montèrent le sinistre escalier jusqu'au dernier étage et Casmir ouvrit la porte avec sa clé. « Ce n'est pas grand-chose, dit-il en s'excusant, mais je n'ai pas beaucoup de moyens. »

Effectivement, c'était tout petit, mais Chrysis s'en fichait.

« Assieds-toi, je t'en prie », dit-il en désignant une chaise branlante en bois à côté de la petite table de cuisine, qui était couverte de morceaux de papier sur lesquels étaient notés des poèmes ou des fragments de poèmes. Elle n'enleva pas son manteau, il faisait froid dans la chambre.

Casmir fourra du papier et des bâtons dans un poêle en fonte et y jeta une allumette enflammée.

« Le bois de chauffage est tellement cher, dit-il. Kisling m'en a donné un peu.

— Est-ce que tu écris tous tes poèmes en polonais, ou écris-tu aussi en français ? demanda Chrysis.

— J'apprends à écrire en français, parce que j'espère être publié ici et je ne fais pas confiance à un traducteur pour interpréter correctement mes vers.

— Est-ce qu'il t'arrive d'écrire sur l'amour ?

— Tous mes poèmes parlent d'amour. C'est le seul sujet intéressant pour un poète.

— Tu veux bien m'en lire un ? »

Casmir ouvrit le carnet qui était posé sur la table. « Je vais te lire celui que j'écrivais pendant que tu me dessinais. Il est très court… Il s'intitule : “La fille peintre me veut”.

Elle me dessine avec ses yeux
Ils parlent autant qu'ils voient
Maintenant elle m'ouvre ses jambes
Et je l'embrasse tendrement.

Il leva les yeux et sourit à Chrysis.

« C'est tout ? fit-elle. C'est le poème entier ? »

Il haussa les épaules.

« Peut-être. C'est tout ce que j'ai écrit jusqu'à maintenant. Ce n'est pas suffisant ?

— Comment savais-tu que j'avais envie de toi ?

— J'ai remarqué que tu es d'une grande curiosité sur ce genre de sujet, dit-il, mais tu manques de pratique. J'ai faim de soupe, tu as faim d'expériences sexuelles, à l'extrême. Est-ce que je me trompe ? »

Il sourit et posa sa main sur son genou.

« Non. Je veux tout savoir, tout explorer, éprouver toutes les sensations. Tu veux bien me montrer ? »

Casmir s'agenouilla comme un suppliant devant Chrysis. Il ouvrit sa blouse, dénoua le cordon de son pantalon et le descendit le long de ses jambes. Il remonta de sa main légère le long de ses cuisses, les doigts à l'extérieur, les pouces caressant la peau douce à l'intérieur ; elle en eut la chair de poule, à cause du froid ou de l'excitation, elle ne le savait pas.

« Tu ne portes pas de culotte, dit-il.

— Je l'ai enlevée au Dôme, dit Chrysis. Je me suis dit que ce serait plus facile.

— Quel âge as-tu ?

— 18 ans, presque 19. Et toi ?

— 24. Tu es une fille très audacieuse et, pourtant, c'est la première fois, n'est-ce pas ?

— Oui.

— Pourquoi as-tu attendu si longtemps ?

— Jusqu'à une date récente, je vivais dans un couvent et, maintenant, je vis avec mes parents.

— Et pourquoi tu ne le fais pas avec cet homme dont tu dis que tu es amoureuse ?

— Il ne sait pas encore que nous sommes amoureux, dit-elle. Il ne sait même pas que j'existe. Peut-être que je ne le reverrai jamais. Mais si cela arrive, je veux être prête à le recevoir.

— J'espère que tu ne le reverras jamais.

— Pourquoi dis-tu cela ?

— Parce que l'amour ressenti mais jamais consommé est le plus beau.

— Pourquoi ?

— Parce que alors, il survit comme un rêve, il ne meurt jamais, il n'est jamais déçu. Si tu ne revois jamais cet homme, une partie de toi l'aimera jusqu'à la fin de tes jours. Tu garderas toujours le souvenir d'un sentiment pur. L'amour concrétisé est rarement aussi durable. Si tu le revois, cela se terminera tristement. C'est presque toujours le cas. Il te quittera, ou tu le quitteras, et vous aurez mal, le cœur brisé, soit l'un soit l'autre, soit tous les deux. Voilà ce qu'est l'amour. J'ai écrit un poème là-dessus, un jour.

— Il doit être épouvantable, ce poème. »

Casmir la prit doucement par les hanches et l'attira contre lui. Il baissa la tête jusqu'à toucher le ventre de Chrysis, effleurant de ses lèvres le doux duvet de ses cuisses fuselées. Elle écarta les jambes pour recevoir sa langue.

« Tu es née à côté de la mer, chuchota-t-il. Je sens le goût de la mer.

— Oui… »

Il la souleva et la porta jusqu'au lit, un mince matelas de paille recouvert de chanvre, sur lequel était étalé un épais édredon, garni de plume, en toile à matelas rayée rouge. Le lit était froid mais il se réchauffa rapidement. Chrysis ne savait pas si Casmir était un poète talentueux, mais il était un amant raffiné et doux, et il lui donna du plaisir dès la première fois, une sorte de plaisir qu'elle avait seulement imaginé dans ses fantasmes. Elle avait cru qu'il ne pouvait rien y avoir de plus extraordinaire que le monde intérieur de couleurs et de formes dans lequel elle vivait, le monde de son imagination d'artiste. Mais elle savait maintenant que s'ouvrait à elle tout un nouvel univers.

VII

Chrysis chercha partout l'homme qu'elle avait vu au Select. Elle y retourna, encore et encore, s'attendant chaque fois à l'y retrouver, mais son espoir fut toujours déçu. Elle alla dans tous les cafés, les bars, elle interrogea les gens. Il ne lui avait adressé que deux mots : « Non, merci », mais elle supposait, à son accent et à sa tenue, qu'il était américain. Elle commença à penser que c'était probablement un touriste ; Paris accueillait plus de visiteurs américains que jamais auparavant et, bien que la plupart d'entre eux prennent pension dans des hôtels de la rive droite, tous avaient entendu parler des artistes fous de Montparnasse et ils accouraient pour les voir. C'est ainsi que le quartier devint une sorte de destination touristique à part entière, un lieu que l'on ajoutait à sa liste de curiosités : le Louvre, Notre-Dame, la tour Eiffel et Montparnasse, ses bars, ses cafés et ses boîtes de nuit, où les visiteurs espéraient apercevoir des artistes vivants plutôt que de contempler les œuvres de maîtres disparus.

Les semaines et les mois passèrent, le printemps revint et, dans le jardin du Luxembourg, les premiers bourgeons des platanes commencèrent à éclore. Chrysis avait renoncé à tout espoir de retrouver l'homme ; il avait dû rentrer en Amérique. Peut-être Casmir avait-il raison, peut-être était-ce la forme d'amour la plus pure, celle qui ne se concrétisait pas. À partir du dessin qu'elle avait fait de lui ce froid après-midi de novembre, elle peignit un portrait, mais elle ne parvenait jamais à reproduire son regard ; elle s'y reprit de multiples fois et, finalement, elle jeta le tableau.

Même si elle n'était pas amoureuse de lui, Chrysis continua à fréquenter le poète gitan. Il lui présenta un certain nombre de ses amis et il l'emmena à sa première orgie, où elle vécut l'expérience du comble de l'hédonisme, lorsque l'on s'abandonne totalement aux plaisirs des sens, à la quête d'une satisfaction libératrice.

Cette orgie se tenait dans le sous-sol d'un club privé, seuls des couples y étaient admis et sur invitation. Lorsqu'elle descendit l'escalier jusqu'à la pièce sombre, éclairée à la bougie, Chrysis sentit son cœur battre la chamade, la chaleur de l'excitation lui embraser le visage. Elle n'avait pas la moindre idée de ce qu'elle allait trouver et Casmir n'avait répondu à aucune de ses questions. Il ne cessait de répéter : « Le but est de découvrir l'inconnu, de te découvrir toi-même, d'explorer les profonds mystères de ta propre nature érotique. Chaque fois est différente et je ne pourrais pas te décrire les sensations même si je le voulais. Et si je le pouvais, il ne te resterait rien à découvrir. Tous les désirs sont permis, tu peux tout, sauf faire du mal à quelqu'un, ou tu peux ne rien faire si tu préfères. Il y aura une femme là-bas, une sorte de *directrice**, pour te guider. »

Le sous-sol était si faiblement éclairé qu'il fallut un

peu de temps à Chrysis pour que ses yeux s'habituent et, même alors, tout ce qu'elle parvint à distinguer, c'était le vague contour de formes humaines enlacées dans diverses positions. Il lui aurait fallu approcher plus près pour reconnaître les hommes des femmes. Il régnait une odeur animale, l'odeur musquée de la semence humaine, un mélange terreux d'hormones et de sécrétions mâles et femelles, le parfum du désir sexuel.

Une femme entre deux âges approcha. Elle portait des vêtements élégants, était un peu corpulente, sa poitrine assez lourde, mais Chrysis voyait qu'elle avait dû être très belle et qu'elle l'était encore. Casmir semblait avoir soudain disparu dans la pénombre. La femme prit le manteau de Chrysis. « C'est la première fois que vous venez, dit-elle. Nos règles sont simples. Nous n'utilisons que des pseudonymes. Nous ne posons pas de questions personnelles. Nous sommes, les uns pour les autres, de simples corps, de la peau et de la chair, des mains et des bouches, des organes et des orifices. Vous pouvez vous asseoir à une table, prendre un verre de champagne et attendre que quelqu'un vienne vous chercher. Mais s'il ou si elle ne vous plaît pas, vous n'avez aucune obligation de le suivre. Et vous avez le choix de participer, ou pas, si vous ne le souhaitez pas. Si vous voulez, je peux aussi vous présenter à un groupe. Dites-moi, ma chère, ce que vous êtes venue chercher ici. Quelles sont vos préférences ?

— Je n'ai pas de préférences, dit Chrysis. Je n'ai pas eu le temps d'en bâtir. Je recherche des expériences. Je veux tout vivre.

— Excellent. Alors je sais exactement quel groupe va vous initier. Mais, avant, je dois vous laver. »

La femme emmena Chrysis dans une salle de bains immaculée, éclairée elle aussi par des bougies, et de ses mains habiles, expertes, elle se mit à la déshabiller, lui passant sa robe par la tête, lui enlevant sa combinaison, son soutien-gorge et sa culotte. Chrysis se laissait faire, docile. « Vous êtes jolie », dit la femme, passant une main légère sur la cuisse de Chrysis, sur sa taille, son ventre, remontant jusqu'à ses seins, la paume de la femme effleurant à peine ses tétons, sa poitrine empourprée, son épaule, lui caressant doucement le cou, avant de s'arrêter sur sa joue. L'exploration tactile qu'avait exécutée cette femme ressemblait à la manière dont un éventuel acheteur examinerait les contours d'un jeune poulain dans le paddock, on aurait dit qu'elle l'avait fait des milliers de fois auparavant. « Oui, tout à fait jolie, vous serez une contribution magnifique à notre groupe. Ce soir, votre nom sera Aphrodite, la déesse de l'amour. Cela vous convient-il, ma chère ? »

Chrysis sourit. « Oui, tout à fait. »

La femme fit couler de l'eau chaude dans un grand bol en cuivre, y ajouta quelques gouttes d'huile de lavande et, avec une étoffe douce, se mit à laver doucement Chrysis, commençant par ses pieds, ses jambes, son sexe, son anus, ses seins et son dos. Elle prit une serviette blanche sur une pile posée sur le comptoir, l'essuya et lui passa une tunique en soie blanche qui tombait magnifiquement.

« Voilà, dit la femme en faisant un pas en arrière pour la regarder, satisfaite. Vous êtes prête, maintenant. Êtes-vous tendue ?

— Un peu oui, je suis excitée.

— Bien. C'est ainsi qu'il faut que vous soyez. »

Elle conduisit Chrysis dans la pièce principale, où un homme noir et musclé, portant seulement un pagne, approcha et lui présenta un plateau sur lequel était posée une unique coupe de champagne. « Buvez, dit la femme en lui tendant le verre ; elle prit le plateau des mains de l'homme avant de poser une main tendre sur sa joue. Voyez-vous qui je vous amène, mon beau Zeus ? lui dit-elle. Aphrodite. » Et se tournant vers Chrysis, elle dit : « Zeus va vous faire rencontrer d'autres participants et vous allez éprouver du plaisir comme jamais vous n'en avez connu, ni même imaginé. »

Chrysis constata que l'homme noir la regardait, que, sous son pagne, son excitation grandissait et la vue de son sexe de plus en plus gros fit naître un frisson qui partit du fond de son bas-ventre, remonta le long de sa poitrine, descendit de ses épaules jusqu'au bout de ses doigts.

Zeus la prit par le bras et l'emmena dans un coin sombre de la pièce, où, dans la lumière des quelques bougies, elle parvint tout juste à distinguer le corps de trois autres personnes sur un lit recouvert de draps et d'oreillers blancs. Zeus défit la ceinture de sa tunique, la fit passer par-dessus sa tête et la laissa tomber sur le sol. Il s'approcha très près d'elle, se pencha et déposa un baiser dans son cou. Chrysis sentit son sexe effleurer sa cuisse. « Assieds-toi », chuchota-t-il dans son oreille et il la poussa doucement sur le lit.

Dans la lueur tremblante des bougies, elle vit deux autres femmes, une noire et une blanche, et un homme blanc. Ils lui sourirent gentiment. Puis elle fut soudain emportée par la chaleur particulière et la riche odeur des corps humains en plein ébat sexuel, la sensualité des contacts de mains et de doigts, de lèvres et de langues, d'hommes et de femmes, le toucher des peaux, des muscles, des seins, la moiteur poisseuse, les pulsations rythmées des organes. Dans le vertige du désir, dévorée par une passion insatiable, Chrysis au comble de l'extase.

BOGEY
1925

I

Archie Munro avait donné à Bogey le nom d'un de ses anciens copains qui vivait à Paris, un poids mouche à la retraite originaire de Liverpool du nom de Jimmie Charters, qui se trouvait être le barman d'un établissement appelé Le Dingo, sur la rue Delambre. C'était tout près de la gare Montparnasse et, lorsque Bogey descendit du train, il s'y rendit directement.

« Je t'attendais, l'ami », dit Jimmie Charters ; il s'essuya les mains sur son tablier en contournant le bar. C'était un gars au visage rond, souriant.

« Archie m'a parlé de toi dans une lettre. Il a dit que tu étais un bon boxeur et que, s'il n'y avait pas eu tes jambes, tu aurais été un concurrent sérieux au titre, dans la catégorie mi-lourd.

— Je ne sais pas, monsieur, dit Bogey. Ces Écossais sont de sacrés adversaires.

— Effectivement, l'ami, tu as raison, dit Jimmie avec un petit rire. Je ne sais pas si Archie te l'a dit ou non, mais à la toute fin de sa carrière et au début de la mienne, je l'ai combattu dans deux ou trois matchs d'exhibition à Glasgow. Après le premier combat, j'ai eu envie de vomir chaque fois que je me suis retrouvé face à lui sur un ring. Même sur la fin, c'était un vrai bouledogue, cet Archie, il ne lâchait rien.

— Oui, monsieur, et il était tout aussi obstiné comme entraîneur, dit Bogey. La seule façon que j'ai trouvée de me débarrasser de lui, c'est de prendre ma retraite et de partir pour la France.

— C'est exactement ce que j'ai fait ! Appelle-moi Jimmie, l'ami, personne ne m'appelle monsieur. Bon, écoute, j'ai parlé au propriétaire et tu peux travailler ici si tu veux. Tu commenceras en cuisine, à la vaisselle. Comment est ton français ?

— Je me débrouille.

— Bon, dans ce cas, tu pourras peut-être servir de temps en temps. Nous avons moins de Français que de clients américains et britanniques, mais il faut quand même pouvoir parler français. Tu peux t'installer chez moi le temps qu'on te trouve un endroit à toi.

— Merci, Jimmie, merci beaucoup pour tout ce que vous faites, dit Bogey. Je ne sais pas ce qu'Archie vous a dit d'autre sur moi, sur les circonstances dans lesquelles j'ai été blessé aux jambes. Mais, quoi que vous sachiez, je vous serais reconnaissant de le garder pour vous.

— Pas la peine d'en dire plus, l'ami, dit Jimmie en levant la main. Dans ma profession, la discrétion avant tout. »

Il sortit un trousseau de clés de sa poche, le tendit à Bogey, lui expliqua comment aller jusqu'à son appartement qui était juste au coin de la rue, square Delambre. Il lui dit d'y déposer ses affaires, de faire un brin de toilette et de revenir le soir pour rencontrer le propriétaire.

Bogey commença à travailler au Dingo le jour suivant. Il ne s'agissait que de basses besognes, mais il aimait le côté routinier et anonyme. À l'exception de Jimmie, personne ne se donnait la peine de parler au nouveau laveur de vaisselle et cela lui convenait très bien. Il préférait qu'on le laisse tranquille, être une oreille invisible, écouter les cuisiniers et les serveurs dans leurs échanges animés et leurs chamailleries. Du peu qu'il voyait du bar et du restaurant pendant les heures d'ouverture, il se rendait compte que c'était un endroit très vivant.

Les affaires étaient florissantes et, après avoir passé deux semaines en cuisine, Bogey se vit confier une place d'apprenti serveur ; il débarrassait et dressait les tables, remplissait les verres d'eau et servait les plats lorsque arrivait l'heure de pointe. On lui fournit un uniforme : une chemise blanche, un nœud papillon noir, un pantalon noir et un long tablier blanc.

Bogey aimait travailler en salle, entendre des bribes de conversations dans des langues différentes, des conversations auxquelles il n'avait pas besoin de participer et que, généralement, il ne comprenait pas, de toute façon. Comme Jimmie le lui avait dit, la clientèle était composée de beaucoup d'Américains et de Britanniques, mais même lorsqu'ils s'adressaient à lui en anglais, ce qui n'était pas rare, Bogey répondait toujours en français. Il ne savait pas vraiment pour quelle raison, mais il voulait garder une certaine distance, en particulier à l'égard de ses compatriotes. Après sept ans passés en Europe, il remarquait maintenant combien les Américains étaient bruyants et s'il était identifié comme un des leurs, il savait qu'on lui poserait invariablement des questions auxquelles il n'avait pas la moindre envie de répondre. Il aimait voir les clients bavarder sans retenue, parfois sans tabou, comme s'il n'existait pas, pendant qu'il débarrassait leur table ou remplissait leurs verres.

Bogey se dit qu'il n'avait jamais vu auparavant autant de belles femmes qu'à Paris et il remarqua que même celles qui n'étaient pas d'une beauté classique avaient un style tellement affirmé et tant d'assurance qu'elles en devenaient belles. Il n'avait pas touché une fille depuis qu'il s'était réveillé dans l'hôpital militaire, cinq ans auparavant ; bien qu'il ait eu un certain nombre d'occasions en Écosse, il avait honte de ses jambes affreusement marquées de cicatrices et il refusait que quiconque les voie. Malgré tout, il appréciait de contempler les femmes qui franchissaient le seuil du Dingo, ou celles qui flânaient sur le trottoir, et il aimait les écouter bavarder. Parfois, les filles le draguaient et cela lui plaisait, aussi.

II

Bogey s'était remis à écrire des histoires lorsqu'il était à l'hôpital, en Écosse, et il avait poursuivi pendant les trois ans qu'avait durés sa carrière de boxeur. Maintenant, il promenait son carnet dans la poche de son tablier de serveur et y jetait diverses observations pendant ses pauses-cigarette, ou après le travail. Un après-midi, plusieurs semaines après avoir été embauché au Dingo, Jimmie vint le voir dans l'arrière-salle alors qu'il prenait des notes.

« Ah, ne me dis pas qu'un nouvel écrivain a débarqué en ville ! dit le barman. Tu m'avais caché ça, l'ami.

— Je ne suis pas vraiment écrivain, Jimmie. C'est juste qu'il m'arrive d'écrire de petites choses, de temps en temps.

— Oui, Bogart, c'est ce que font les écrivains, au cas où tu n'aurais pas remarqué, ils écrivent des choses.

— Eh bien, ce que j'écris ressemble plus à une liste de courses qu'à de la vraie écriture, dit Bogey. Parfois, j'écoute ces poètes français en train de discuter au Dôme ou à La Rotonde, de dadaïsme, de surréalisme, et même si je saisis en gros ce qu'ils disent, je ne comprends rien au contenu de leurs discussions.

— Je ne suis pas un intellectuel, l'ami, mais je vais te dire, je ne suis pas sûr qu'ils sachent eux-mêmes de quoi ils parlent. Si tu veux, je peux te présenter à des écrivains américains qui viennent ici. Je suis certain que tu les as déjà vus et entendus.

— C'est bon, Jimmie, je te remercie. Mais j'écris seulement pour moi, cela ne m'intéresse pas vraiment d'en parler.

— Archie m'a dit que tu étais très discret, dit Jimmie. Je n'ai pas l'intention de fourrer mon nez dans tes affaires, Bogart, mais est-ce que tu ne voudrais pas te faire des amis… peut-être même rencontrer des filles ? Ou peut-être que tu n'aimes pas les filles ? Apparemment, il y a beaucoup de ça dans le quartier, ces temps-ci. Archie ne m'a pas dit que tu en étais.

— Je n'en suis pas, Jimmy. J'aime bien les filles.

— Ouais, je sais, l'ami, j'ai vu comment tu les regardes. Je te fais marcher, c'est tout. À propos, j'ai un ami, un de ces Américains, grand fan de boxe, il aime bien monter sur le ring lui-même, mais seulement en amateur. Je veux lui faire une blague et j'aurais besoin de ton aide.

— J'ai une dette envers toi, Jimmie, et je ferai tout ce que tu me demandes, aussi longtemps qu'il ne s'agit pas de me faire boxer. J'ai pris ma retraite.

— Je sais, l'ami, répondit Jimmie. Ce ne serait pas un vrai combat, juste quelques rounds d'entraînement anodins. Je veux juste faire une blague à mon copain et je voudrais que tu m'aides.

— OK, je crois que je commence à comprendre.

— Bien sûr que tu piges, l'ami ! »

III

Le jour suivant, dans l'après-midi, Jimmie appela Bogey au bar. « Bogey, je voudrais te présenter un de mes bons amis. » Un homme de grande taille se retourna, un franc sourire aux lèvres.

« Voici Jake Barnes, il est écrivain. Jake, je te présente le dernier arrivé chez nous, Bogart Lambert. Bogey est originaire du Colorado. Et il écrit aussi.

— Ravi de te rencontrer, Jake, dit Bogey en lui serrant la main.

— Moi aussi, Bogey, dit l'homme. Je n'ai pas croisé beaucoup de gars de l'Ouest, à Paris. Qu'est-ce qui t'amène ici ?

— Je suis venu pendant la guerre. Et pour ainsi dire, je ne suis pas reparti. »

Barnes hocha la tête.

« J'étais en Italie. Service ambulancier de la Croix-Rouge. Est-ce que tu as beaucoup combattu ?

— Non, j'étais courrier, pas sur le front.

— Eh bien, tu as eu de la chance. Moi non plus, je n'étais pas censé être un combattant, mais j'ai quand même failli passer l'arme à gauche. Un tir de mortier a touché mon ambulance, deux mois après mon arrivée. J'ai passé six mois en Italie dans un hôpital avant qu'ils me renvoient à la maison. Quel genre de textes écris-tu ?

— Pas grand-chose, dit Bogey. Jimmie exagère. Je ne suis pas vraiment écrivain.

— Tu n'as pas l'air d'une mauviette, en tout cas, Bogey, dit Barnes. T'as jamais boxé ? »

Bogey lança un coup d'œil à Jimmie derrière le bar. « Un peu quand j'étais plus jeune. »

Barnes le jaugea un moment.

« À Paris, j'ai du mal à trouver des partenaires d'entraînement dans ma catégorie, dit-il. Je crois que je fais quelques kilos de plus que toi, mais je dirais que tu es au moins mi-lourd, j'ai raison ? Jimmie, tu pourrais amener Bogey au gymnase un jour, quand vous êtes tous les deux en congé, et lui servir de soigneur. Ça te dirait de faire quelques rounds avec moi, Bogey ?

— Je suis rouillé, Jake, et on dirait que tu sais cogner. Il faudrait que tu y ailles doucement.

— Pas de problème. Juste quelques échanges tranquilles, personne ne se fera mal. Tu le sais bien, Jimmie ? »

La séance d'entraînement fut fixée à un matin, trois jours plus tard.

« Quel est son niveau, à ce gars ? demanda Bogey à Jimmie pendant le trajet en métro jusqu'au gymnase. Parle-moi de son style.

— Je te l'ai dit, l'ami, il est strictement amateur. Il n'a pas beaucoup de style, il a un très mauvais jeu de jambes. Mais il est fort et tu as raison sur un point, c'est un cogneur. Ce qu'il aime faire, surtout avec des nouveaux partenaires la première fois qu'il les amène sur le ring, c'est les frapper très vite et beaucoup plus fort qu'on le fait normalement à l'entraînement. Il aime les expédier au tapis, les faire saigner du nez, leur flanquer un œil au beurre noir et, ensuite, il s'en vante tant qu'il peut au bar. C'est exactement ce qu'il fera avec toi, il essaiera de te mettre hors jeu d'emblée avec un coup puissant et de t'assommer avant que tu aies eu le temps de prendre tes marques. Mais, fais-moi confiance, tu le verras arriver, t'auras tout ton temps. Tu pourrais t'asseoir et prendre *l'apéritif**, le temps qu'il se prépare pour ce coup, tellement on le voit venir.

— Alors, que veux-tu que je fasse, exactement ? demanda Bogey.

— Je veux que tu attendes son fameux coup, que tu n'auras aucun mal à éviter, comme je te l'ai dit, et ensuite je veux que tu le mettes au tapis. Je ne veux pas que tu le blesses, juste que tu l'allonges. Tu sais comment faire ça, n'est-ce pas ?

— Bien sûr, Jimmy. Je sais comment faire. »

Barnes arriva au gymnase avec son soigneur, un Américain appelé Harry MacElhone, le propriétaire du Harry's New York Bar sur la rive droite. Jimmie et Bogey étaient venus en avance pour trouver des gants pour Bogey et ils attendaient déjà sur le ring lorsque Barnes fit son entrée. Fini la jovialité qu'il affichait au bar, c'était du sérieux ; il sortit des vestiaires comme s'il s'apprêtait à monter sur le ring du Madison Square Garden pour défendre un titre, et non pas à aborder une séance d'entraînement dans un gymnase parisien un peu miteux, sautillant sur la pointe des pieds et boxant dans le vide. Bogey observa d'un œil critique les mouvements de l'homme et son physique, comme son père lui avait appris à le faire face aux boxeurs de cirque, là-bas, chez lui, et il sourit : il voyait bien que Barnes n'était pas doué de grandes qualités athlétiques. Il remarqua aussi que ses bras, bien que puissants et musclés, étaient courts, d'une portée bien inférieure à la sienne.

« Comment tu te sens, gamin ? demanda-t-il à Bogey. T'es prêt à te battre ? »

Son utilisation abusive du mot « gamin » amusa Bogey ; ils devaient avoir approximativement le même âge. « Je l'espère bien, Jake », répondit-il.

Le propriétaire du gymnase, un homme du nom de Patrice Lacas, lui-même un boxeur à la retraite, les avait rejoints. On fit les présentations et on fixa les règles. On s'accorda sur le fait que les conditions seraient les mêmes que celles d'un match, ce qui impliquait qu'on ne retiendrait pas ses coups, mais la durée serait limitée à trois rounds. Dans l'éventualité d'un *knock-down*, que ce soit par K-O ou pas, on cesserait le combat. Patrice servirait d'arbitre et si, par hasard, le score était *ex aequo* après les trois rounds, des prolongations seraient ajoutées jusqu'à ce qu'un coup fatal soit porté, de manière à déclarer un vainqueur.

« Jimmie, mon ami, je n'aime pas bien l'idée de te prendre ton argent durement gagné, dit Harry MacElhone, mais que dirais-tu d'un petit pari ?

— J'attendais que tu me le demandes, Harry, répondit Jimmie. À dire vrai, je n'ai jamais vu ce jeune homme combattre et j'ai cru comprendre qu'il n'est pas monté sur un ring depuis longtemps. Je suis prêt à parier avec toi, mais comme tu as un boxeur reconnu de ton côté, ainsi qu'un avantage en poids, je risque gros. »

Les deux soigneurs s'éloignèrent pour échanger sans

témoins, avant de s'entendre sur leurs paris et de se serrer la main.

Patrice Lacas sonna la cloche. Dans l'intention de ne pas faire de quartier à son adversaire et de ne pas lui laisser le temps de retrouver la moindre parcelle des talents de boxeur qu'il avait peut-être eus autrefois, Barnes bondit de son coin comme un taureau en train de charger. Bogey, quant à lui, avait l'air hésitant, comme s'il avait même un peu peur de ce colosse qui fonçait droit sur lui. Barnes approcha, les poings haut, la tête rentrée ; il cogna deux fois du gauche, feignit une fois du droit, cogna deux fois encore, des directs puissants que Bogey sentit à travers ses minces gants d'entraînement lorsqu'il les dévia. Il était vrai que l'homme était fort et ses coups en imposaient. Puis il vit Barnes se préparer pour la dernière offensive, exactement comme Jimmie le lui avait dit. Il sembla à Bogey, ainsi que cela avait souvent été le cas lorsqu'il combattait sur le circuit professionnel, que tout se déroulait au ralenti, qu'il avait tout le temps qu'il voulait. Barnes exécuta son coup, Bogey l'esquiva aisément, sentant à peine le gant qui lui effleurait la joue. N'ayant pas réussi à toucher son adversaire, Jake se retrouva dans une position déséquilibrée, penché vers l'avant et sur le côté. Bogey s'avança alors, le gauche levé, bouchant partiellement la vue de Barnes, et avec une parfaite économie dans le geste il balança son uppercut du droit si caractéristique, saisissant l'autre sous le menton et le faisant chanceler. Jake fut propulsé en arrière, il essaya de retrouver ses appuis, mais il partit à la renverse, pour tomber lourdement sur son postérieur. Il resta assis sur le tapis un moment, sonné, puis il se secoua comme un chien mouillé. Il lança un coup d'œil à Jimmy posté dans le coin du ring et un sourire asymétrique se peignit sur son visage.

« *Eh ben, espèce de fils de pute de poids mouche*[*]...

— Jake, fit Jimmie. Je voudrais te présenter Bogart "le Cow-Boy" Lambert, anciennement classé troisième en Écosse, dans la catégorie mi-lourds.

— *Espèce de fils de pute de poids mouche*... »[*] répéta Barnes.

Bogey défit son gant droit avec ses dents et le retira en le coinçant sous son bras. Il s'approcha de Barnes, qui était toujours assis par terre, et tendit la main. « Besoin d'aide pour te relever, gamin ? » demanda-t-il.

IV

Avec l'aide de Jimmie, Bogey trouva un minuscule studio bon marché sur la rue Boissonade ; les toilettes, qu'il partageait avec trois autres locataires, se trouvaient au bout du couloir. On était au milieu de l'hiver, l'appartement était glacial, du coup, les jours et les soirées où il ne travaillait pas, Bogey avait pris l'habitude de les passer dans les autres cafés et bars du quartier. Il y faisait toujours chaud ; il commandait un café, une bière, un whisky ou un verre de vin, selon le moment, et il restait des heures, à écrire dans son carnet, ou à lire le journal ou un livre. De nombreux écrivains avaient cette même habitude et un certain nombre de peintres venaient faire des croquis dans les cafés, qui leur servaient à tous de bureau ou d'atelier.

Bogey commença à rencontrer des gens. Un jour, il était en train d'écrire à La Rotonde lorsqu'un Indien d'Amérique entra. Il tenait un bloc à dessins ; il s'assit à une table à côté de Bogey et se mit à dessiner. Lorsque le serveur s'approcha pour prendre sa commande, l'Indien lui parla dans un français parfait, sans accent. Le serveur se tourna alors vers Bogey et lui demanda s'il désirait un autre café. Une fois que Bogey eut répondu, l'Indien s'adressa à lui et lui demanda en anglais : « Vous êtes américain ? »

Bogey éclata de rire.

« C'est si facile à deviner !

— D'où venez-vous ?

— Du nord du Colorado. Et vous ?

— De l'est du Montana, à l'origine.

— Vous êtes Cheyenne du Nord ?

— Comment le savez-vous ?

— J'allais faire des rodéos dans ce coin-là, dit Bogey. J'ai été dans votre réserve. Comment se fait-il que vous parliez un français aussi parfait ?

— Mes parents faisaient partie de la troupe du *Wild West Show* de Buffalo Bill. Nous sommes venus en France en 1905, je n'étais qu'un petit garçon. Ils ont aimé ce pays et, lorsque la tournée a été terminée, ils ont quitté la troupe et sont restés. Buffalo Bill Cody avait été généreux et ils ont pu acheter une petite propriété en Camargue avec leurs économies. C'est là que j'ai grandi. Mes parents élèvent et dressent des chevaux camarguais. C'est une race ancienne, qui leur rappelle les chevaux sauvages de la Grande Prairie de leurs ancêtres. De temps en temps, il leur arrive encore de présenter des numéros d'équitation dans des cirques, des rodéos ou des foires.

— Comment vous appelez-vous ?

— Jerome Running Bear.

— Enchanté, Jerome. Je suis Bogart Lambert, la plupart du temps, on m'appelle Bogey. »

C'est ainsi que Jerome Running Bear devint, après Jimmie, le deuxième ami que Bogey se fit à Paris, et parfois, lorsqu'ils se rencontraient par hasard dans l'un ou l'autre des bistrots du quartier, ils s'asseyaient à la même table. Jerome dessinait, Bogey écrivait, deux Américains côte à côte, le cow-boy et l'Indien. Bogey apprit que Jerome avait étudié les beaux-arts à Paris.

« Nous avions de remarquables artistes dans ma tribu, autrefois, dit-il à Bogey, et ils étaient fort honorés. Mais ils n'ont jamais appris la perspective ; tout, dans nos arts premiers, était plat et unidimensionnel, à la manière des dessins d'enfants. Comme j'ai grandi en France, évidemment, j'ai été exposé à de grandes formes artistiques et j'ai appris une autre manière de peindre. »

Avec la discrétion taciturne qui caractérise les Indiens, Jerome n'interrogea pas Bogey sur les endroits où il était allé ou les raisons qui l'avaient amené à Paris. Mais il sentait d'instinct que Bogey avait été un guerrier et qu'il était dans un entre-deux, dans une espèce d'espace intermédiaire, entre deux vies. C'était quelque chose que les Indiens comprenaient, même ceux qui étaient déracinés depuis une ou deux générations, parce qu'ils vivaient eux-mêmes dans un entre-deux, entre le monde tel qu'ils l'avaient connu autrefois et celui qu'il était devenu sous le règne de l'homme blanc.

V

Un soir, Bogey et Jerome étaient en train de prendre un verre dans un petit bar ouvrier sur l'avenue du Maine. C'était un de ces débits de boissons anonymes qui n'avaient ni enseigne ni nom. Ils étaient debout à l'extrémité du comptoir lorsque entrèrent trois marins américains, déjà à moitié ivres et parlant très fort. Le gouvernement américain avait récemment envoyé en France trois bâtiments, qui mouillaient au Havre, et le quartier était envahi, depuis plusieurs jours, de marins profitant de permissions prolongées.

« Eh bien, regarde donc ça, Randy, dit l'un d'eux. On dirait que c'est cette fiote de Peau-Rouge qui a essayé de te tailler une pipe hier soir, non ?

— Ouais, c'est bien lui, fit celui qui répondait au nom de Randy, s'avançant jusqu'au bar sur la droite de Jerome. M'a proposé de me payer pour me la sucer. »

Les deux autres marins s'étaient installés au bar, sur la gauche de Bogey.

« C'est ton petit ami, grand chef ? demanda le deuxième marin à côté de Bogey. Est-ce qu'il est au courant de ce que son guerrier préféré voulait faire, hier soir ? »

Bogey se tourna vers Jerome et lui parla en français. « Tu sais te battre ?

— Non, je suis non violent, répondit Jerome.

— Un Cheyenne homosexuel non violent, ça alors… fit Bogey.

— J'essaie de ne pas correspondre au stéréotype du Peau-Rouge.

— Alors, les deux tantes, on se crêpe le chignon ? dit le marin immédiatement à gauche de Bogey. T'es fâché, le Frenchy ? Juste parce que tu viens d'apprendre que ton chéri voulait sucer de la bite de marin ? Et qu'est-ce que c'est que cet attirail de cow-boy ? C'est comme ça que vous prenez votre pied, vous, les pervers français – en jouant aux cow-boys et aux Indiens ? »

Bogey se tourna vers le marin. « Écoute, gamin, dit-il en anglais. Tu n'as aucun intérêt à me chercher des noises, crois-moi. Tes amis et toi, vous allez tout de suite tourner les talons et sortir d'ici. Vous êtes bruyants et vous nous dérangez. »

Le marin éclata de rire. « Tu es américain, toi aussi. Tu crois qu'on a peur d'un couple de tantes, français ou américain ? »

Bogey se tourna vers Jerome et parla à nouveau français. « Quand ça commencera, contente-toi de t'écarter. » Puis il se retourna vers le marin et, d'un mouvement parfaitement efficace de la main gauche, il l'attrapa par la nuque et lui écrasa la tête sur le bar. L'homme dégringola sur le sol avec un grognement. Presque simultanément, de la main droite, Bogey décocha un direct qui pulvérisa le nez du second marin ; il tomba à genoux et colla ses deux mains sur son visage pour essayer d'endiguer le flot de sang.

« Putain ! Tu m'as cassé le nez, espèce de fils de

pute », gémit-il. Bogey constata que Jerome s'était réfugié à bonne distance. Il n'eut pas besoin de s'attaquer au troisième larron – l'homme levait les deux mains, suppliant.

« Tout va bien, m'sieur, dit-il. Je ne veux pas d'ennuis avec vous. C'était tout de ma faute. On s'en va tout de suite. Je suis vraiment désolé. »

Bogey sortit quelques billets de sa poche, les fit claquer sur le bar, présenta ses excuses au barman pour le dérangement et, alors que Randy essayait de relever ses deux amis, Jerome et lui sortirent du bar.

« Pourquoi tu ne m'as pas dit que tu en étais ? demanda Bogey une fois qu'ils furent dehors.

— Pourquoi l'aurais-je fait ? demanda Jerome. Quelle différence cela fait-il ? Est-ce que tu m'as parlé de tes préférences sexuelles ? Ne t'inquiète pas, je n'ai jamais été intéressé par toi de cette façon. Tu n'es pas mon genre. Je repère les hétérosexuels à des kilomètres.

— Je suis content de le savoir.

— En fait, c'est Randy qui m'a fait une proposition indécente hier soir, pas le contraire, expliqua Jerome. Et au moment où on s'apprêtait à passer à l'acte dehors, derrière le bar, ses deux amis sont arrivés. Il a prétendu que c'était moi qui l'avais accosté alors qu'en fait nous étions consentants.

— Et comment as-tu réussi à ne pas te faire tabasser par ces trois-là ? demanda Bogey.

— J'ai couru, évidemment, dit Jerome. Les hommes de mon peuple ont toujours été bons à la course. Et j'ai appris que, lorsqu'on est homosexuel et qu'on choisit d'être non violent, ça aide, d'être capable de courir vite. »

VI

Un après-midi humide, sombre, à la mi-novembre, Bogey était installé au Select en train d'écrire dans son carnet. Dehors, il avait commencé à neiger et Bogey était content d'être au chaud, confortablement installé dans le café. Le temps lui rappelait les années de guerre, lorsque l'hiver paraissait interminable et que l'on souffrait constamment du froid. Il écrivait une histoire sur un soldat allemand blessé qu'il avait rencontré un après-midi similaire. Il était en route pour délivrer une dépêche et, comme souvent, il avait traversé les lignes allemandes parce que c'était, pour lui, le chemin le plus direct.

Il neigeait ce jour-là, une neige mouillée qui se transformait par intermittence en une pluie glaciale. Bien que Bogey portât son long manteau de gardien de bétail, il ne pouvait pas se protéger efficacement contre ce temps, qui était bien différent du froid sec des montagnes de son Colorado natal ; c'était un froid intense et perçant qui vous traversait jusqu'aux os jusqu'à ce que vous commenciez à croire que, plus jamais, vous ne pourriez vous réchauffer. Bogey mena Crazy Horse jusqu'à une ferme à moitié détruite, dont le toit était en partie effondré et dont les portes et les fenêtres avaient été soufflées. Il se dit qu'il pourrait peut-être s'y abriter de la neige, mais comme toujours dans de telles situations, il était vigilant – des ennemis, ou un tireur isolé, se cachaient peut-être à l'intérieur. En approchant, il entendit un homme parler en allemand sur un ton suppliant. Il sortit son six-coups de son holster. L'homme gémit à nouveau et Bogey vit un drapeau blanc sortir d'une fenêtre, au bout du canon d'un fusil.

Bogey leva les yeux de son carnet et son regard croisa celui d'une jeune femme qui se trouvait dehors, de l'autre côté de la vitre embuée du Select, et qui le regardait. Ils restèrent ainsi un instant, mais Bogey était encore complètement absorbé par son histoire et il retourna à son carnet.

Bogey avança vers la ferme à moitié détruite et l'Allemand l'appela tout en agitant son drapeau blanc par la fenêtre. Bogey sentit une montée d'adrénaline familière et il redoubla de méfiance ; c'était peut-être une ruse et, dans une seconde, il se ferait descendre. Mais l'Allemand cria à nouveau et dans sa voix Bogey identifia la peur, une solitude indicible. Il rangea son Colt dans son holster, leva les deux mains pour montrer qu'il n'était pas armé et descendit de cheval. Il franchit le seuil de la maison évidée. L'Allemand était accroupi sur le sol sous la fenêtre, enveloppé dans une fine couverture grise, tremblant, les deux bras serrés sur son ventre. Bogey vit qu'à l'endroit que cachaient ses bras la couverture était trempée de sang.

« Parles-tu anglais ? » demanda Bogey. L'Allemand secoua la tête.

« Français ?

— Oui. »

Bogey ramassa le fusil de l'homme, un Mannlicher à culasse mobile, le drapeau blanc toujours accroché au bout du canon. Il ouvrit la culasse et découvrit que l'arme était chargée.

« Pourquoi ne m'as-tu pas abattu ? » demanda-t-il à l'Allemand.

Le soldat sourit faiblement.

« Je pensais que j'avais une hallucination, dit-il. Je sais qui tu es. Cela me porterait malheur de te tuer. J'ai eu ma dose de malchance. De plus, pourquoi devrions-nous mourir tous les deux ?

— Comment t'appelles-tu ?

— Oskar. Et toi ?

— Bogart.

— Tu dois avoir du sang allemand, parce que c'est un vieux nom allemand, dit Oskar.

— Non, c'est un vieux nom français.

— Les deux. Je le sais parce que j'ai un oncle en Alsace qui s'appelle Bogart. Peut-être que nous sommes parents. »

Les dents d'Oskar se mirent à claquer violemment.

« J'ai tellement froid, Bogart », dit-il.

Bogey retourna dehors, détacha son paquetage de sa selle et le rapporta dans la ferme. Il défit les lanières, déplia l'épaisse couverture et l'enroula autour de l'Allemand.

« Merci, dit Oskar, merci, c'est très gentil. Puis-je te demander un service ?

— D'accord.

— Acceptes-tu de rester un peu ici avec moi ? Je suis mourant, je souffre terriblement et j'ai peur. Je voudrais que tu restes et que tu me parles. Et avant que tu repartes, je voudrais que tu me tires une balle dans la tête, pour que je ne souffre plus. Est-ce que tu ferais cela pour moi, s'il te plaît, Bogart ? »

Bogey marqua une pause dans son écriture, ce jour-là, au Select, et lorsqu'il leva les yeux, il vit que la jeune femme s'était installée à une table en face de lui et qu'elle semblait être en train de le dessiner. Leurs regards se croisèrent à nouveau, ils se fixèrent quelques instants, puis elle baissa rapidement la tête vers son bloc. Bogey la contempla, imperturbable, pendant un moment ; il arrivait à la partie difficile de l'épisode et il fut heureux de la diversion que lui offrait le spectacle d'une jolie fille dans l'instant présent, avant de replonger dans ses souvenirs, de revivre cette histoire. Il savait que c'était la raison pour laquelle il les écrivait ; elles n'étaient pas destinées à être publiées, ni même à être lues par quelqu'un d'autre. Si seulement il parvenait à écrire tous ses souvenirs, à les confier à des morceaux de papier, il pourrait peut-être les y laisser, il pourrait en débarrasser son esprit, pour toujours.

La jeune femme leva la tête et le regarda de nouveau ; elle vit qu'il ne l'avait pas quittée des yeux et, cette fois, elle ne baissa pas la tête. Au contraire, elle plongea son regard dans le sien. Elle était très jolie, avec ses cheveux noirs sous son bonnet en laine et ses grands yeux expressifs qui la faisaient paraître plus âgée qu'elle n'était. Elle esquissa un sourire, avant de retourner à ses croquis. Et bien qu'il n'en ait pas très envie, Bogey retourna dans son histoire.

« Je suis désolé, Oskar, dit-il, mais je ne crois pas que je puisse faire une chose pareille.

— Mais pourquoi, Bogart ? Je suis ton ennemi.

C'est ce qui est attendu de nous, nous sommes censés essayer de nous entretuer.

— Mais tu n'as pas tenté de le faire quand tu en avais la possibilité, dit Bogey.

— Parce que, si je t'avais tué, je ne pourrais pas te demander de m'achever, dit Oskar. C'est pour cela que je t'ai appelé. S'il te plaît, Bogart, je t'en supplie.

— Je ne peux pas. Je suis désolé, Oskar, mais je ne peux pas. »

Oskar se mit à pleurer, son visage déformé en une affreuse grimace.

« De quoi veux-tu que nous parlions ? demanda Bogey, tentant de le distraire. Dis-moi.

— D'où viens-tu, Bogart ? demanda Oskar entre deux spasmes douloureux.

— Du Colorado.

— Je ne suis jamais allé en Amérique. Il y a des montagnes dans le Colorado, n'est-ce pas ?

— Oui, ma famille possède un petit ranch dans une vallée, dans le nord du Colorado. On y trouve de vastes étendues de prés à foin et de prairies couvertes de sauge, de grands champs d'herbes à bison qui nous arrivent à la taille et qui, en automne, ondulent sous le vent comme les vagues sur la mer. Il y a des rivières, des torrents et des ruisseaux qui coulent dans la vallée, entourée de tous côtés par quatre chaînes de montagnes différentes. Dans les cours d'eau, il y a des truites et on voit beaucoup de cerfs et d'élans.

— Cela doit être magnifique.

— Oui, c'est beau. Et tu viens d'où, Oskar ?

— De Bavière. D'un petit village de montagne. Il est aussi très joli. Mon père est horloger. Moi aussi, je suis horloger. Je suis l'apprenti de mon père.

— C’est une très belle profession, dit Bogey. Écoute, je peux te sortir d’ici. Tu peux monter derrière moi, sur mon cheval. Je vais te rapprocher de tes troupes, à un endroit où ils pourront te récupérer et ils t’amèneront auprès d’un médecin.

— Je ne peux pas monter à cheval, Bogart. J’ai les tripes à l’air. Voilà pourquoi ils m’ont laissé ici. Je vais mourir. Tu es sûr que tu ne peux pas me descendre ? S’il te plaît, je souffre tant. »

Bogey se mit à pleurer.

« Je suis désolé, Oskar, mais je ne peux pas.

— D’accord, Bogart, je comprends, mais je vais devoir te tuer. C’est bien la raison pour laquelle nous sommes là, n’est-ce pas ? »

De dessous la couverture, Oskar sortit un pistolet Mauser et le pointa sur Bogey. Instinctivement, sans avoir le temps de réfléchir, Bogey dégaina son Colt et lui tira une balle dans le front. Il prit le Mauser de la main d’Oskar, sachant, avant même d’avoir ouvert la culasse, qu’il n’était pas chargé.

Bogey referma son carnet, sortit de la monnaie de sa poche, jeta un coup d’œil sur la note que le serveur avait laissée et déposa quelques pièces dans la soucoupe. Il se leva et se dirigea vers la sortie. Il n’eut pas un regard pour la fille, ni même une pensée. Il était encore dans son histoire et il se sentait vide jusqu’à la nausée. Mais, lorsqu’il passa à côté de sa table, elle s’adressa à lui.

« Excusez-moi, monsieur, dit-elle, je viens de vous dessiner. Voudriez-vous voir le résultat ? »

Bogey s’arrêta et se tourna vers elle, les yeux dans le vague. Il la regardait fixement, mais sans la voir, sans la comprendre. Il ne répondit pas. Il était encore si profondément absorbé dans ses souvenirs, ce passé était encore si affreusement présent et douloureux, qu'il avait l'impression qu'il venait tout juste de tuer l'apprenti horloger allemand, que l'événement ne remontait pas à sept ans.

« Je vous prie de m'excuser de vous avoir dérangé, monsieur, dit-elle. Je... je pensais juste que cela vous ferait peut-être plaisir de voir le dessin que j'ai fait de vous pendant que vous travailliez. Puis-je... vous le montrer ? »

Bogey continua à fixer la jeune fille jusqu'à ce que, progressivement, ses contours deviennent moins flous. « Non, non, merci », dit-il en secouant la tête. Il alla prendre son manteau accroché près de la porte, l'enfila, mit son chapeau et partit dans la nuit d'hiver, froide et mouillée.

CHRYSIS & BOGEY
1926

I

Chrysis continua à étudier avec le professeur Humbert et, au-delà des exercices formels qu'elle exécutait pour l'atelier, son travail prenait progressivement une forme et un style de plus en plus personnels. Il était inévitable que la découverte progressive de son corps et son ardeur dans le domaine de l'amour finiraient par s'exprimer dans ses peintures, et elle commença à comprendre que tout faisait partie du même processus, que sa passion pour la vie et les expériences sensuelles se traduisait naturellement dans les couleurs, les formes, les thèmes de son art.

Elle ne chercha pas, d'ailleurs, à se soustraire à l'exploration des aspects plus obscurs de l'érotisme, de cette mince frontière entre la sensualité et la pornographie, la passion et l'obsession, l'extase et le vide. Elle savait qu'elle ne serait pas une bonne artiste tant qu'elle n'aurait pas saisi toutes les contradictions complexes inhérentes aux exigences de la chair, les grâces comme les disgrâces.

Chrysis développa une fascination pour le monde des prostituées, ces femmes publiques qu'elle voyait dans certains bars et clubs, et que les propriétaires et gérants des meilleurs établissements essayaient de chasser. Un après-midi, elle demanda à Casmir de l'emmener dans une maison close.

« Mais que veux-tu y faire ? » demanda-t-il. Le poète gitan commençait à s'inquiéter d'avoir libéré un monstre tapi chez cette fille ; sa curiosité à l'égard de tout ce qui concernait la sexualité paraissait insatiable. Il savait qu'elle ne l'aimait pas ; de fait, elle paraissait bien plus intéressée par le monde de l'érotisme que par leur relation.

« Je voudrais observer, dit-elle, et faire des croquis. »

Et ce soir-là, Casmir l'emmena à La Belle Poule, sur la rue Blondel, dans le quartier des prostituées de la rue Saint-Denis. C'était un établissement dont le poète était lui-même parfois client, dans les rares moments où il avait un peu d'argent.

La propriétaire, Mme Mireille, une femme mince au profil de rapace, les accueillit dans le vestibule, qui était décoré de mosaïques abstraites aux dessins sophistiqués. Elle détailla Chrysis des pieds à la tête de ses yeux durs et perspicaces.

« Et que puis-je faire pour vous, aujourd'hui, mon ami ? demanda-t-elle à Casmir. Je suppose que vous voudriez partager une des filles avec cette jolie jeune femme qui vous accompagne.

— Pour tout dire, madame, se mit à expliquer Casmir, la jeune femme voudrait juste accéder à votre *chambre de divertissement individuel**. »

Tel était le nom de la chambre secrète, dans la maison close, qui était équipée de deux judas percés dans le mur, judicieusement dissimulés de l'autre côté par une peinture murale colorée qui avait été exécutée quelques années auparavant en remerciement pour services rendus par l'artiste mexicain Diego Rivera, un client régulier de La Belle Poule pendant ses années parisiennes. Par ces œilletons, ceux qui souhaitaient n'être que spectateurs pouvaient observer ce qui se passait dans la chambre voisine, dite la « chambre rouge », en devenant les yeux d'un personnage de la fresque, pendant que le client, qui ne savait pas qu'il était observé, se livrait à différents ébats avec la ou les filles de son choix.

« Et est-ce que la jeune fille souhaite vous observer avec une des filles ? demanda Madame à Casmir. Parce que nous ne travaillons pas beaucoup ces derniers temps et il n'y a en ce moment personne dans la chambre rouge.

— Vous pouvez vous adresser à moi directement, madame, dit Chrysis. Je ne suis ni sourde ni muette. C'est moi qui ai demandé que nous venions ici et c'est moi qui paierai. »

Mme Mireille leva les sourcils, peu habituée à ce que des filles lui parlent de cette façon.

« Très bien, jeune fille, dit-elle. Dites-moi donc quel serait votre bon plaisir.

— J'aimerais beaucoup regarder Casmir avec une de vos filles, dit Chrysis. De plus, je souhaiterais la choisir. »

Madame les conduisit au grand salon par un élégant escalier en fer forgé. Les murs étaient décorés de miroirs anciens et de peintures érotiques dans le style des fresques de Pompéi, avec des femmes qui se livraient à des danses sensuelles, tandis que des nymphes voluptueuses se prélassaient, nues, sur des nuages floconneux.

Toute la pièce était meublée dans le style de la Belle Époque ; il y avait un bar contre un mur, des tables et des chaises. Quatre ou cinq jeunes femmes, vêtues de tenues plus ou moins osées, étaient là, l'air particulièrement désœuvré. Comme il était tôt, il n'y avait pas encore le moindre client dans la maison.

Pendant que Casmir et Mme Mireille prenaient une coupe de champagne au bar, Chrysis parcourut le salon attentivement, examinant les filles, échangeant quelques mots et sourires avec chacune d'elles. En tant que professionnelles, elles étaient assez habituées à être détaillées comme des marchandises au Bon Marché, même s'il était plutôt insolite que le client qui se livre à cet examen soit une belle jeune femme. Chrysis finit par choisir une rousse qui semblait être celle qui s'ennuyait le moins et la plus vivante de toutes. Son sourire était spontané et elle était assez naturelle. Chrysis nota également que la fille avait un corps splendide et elle se dit que sa flamboyante chevelure serait un ajout intéressant dans un tableau.

« Est-ce qu'elle te plaît ? demanda Chrysis à Casmir en conduisant la rousse jusqu'au bar. Mais peut-être vous connaissez-vous déjà ?…

— Non, je n'ai pas ce plaisir, répondit-il. Oui, elle est charmante. Et que souhaites-tu que je fasse avec elle, exactement ? »

Chrysis éclata de rire.

« Eh bien, tout ce que tu veux. Mais, d'abord, je voudrais la dessiner, elle seule, si cela paraît acceptable à madame.

— Pour cela, dit Mme Mireille, je devrai vous facturer le prix que paient les clients pour le temps passé avec les filles et pour l'occupation de la chambre.

— Bien sûr. »

II

Elle s'appelait Juliette, elle était drôle, vivante et sexy, et comme cela arrive parfois entre un artiste et un modèle, Chrysis et elle se découvrirent immédiatement une sorte de complicité. Pendant que Chrysis la dessinait, Juliette lui raconta qu'elle venait de la région de Marseille, en bord de mer, qu'elle avait été là-bas la maîtresse d'un important personnage du milieu. Mais, quand il buvait, il la battait et les coups devinrent de plus en plus fréquents, jusqu'à ce qu'elle commence à craindre pour sa vie. Une nuit, alors qu'il était endormi, elle s'était enfuie et elle était venue à Paris. Elle avait peur qu'il se lance à sa recherche ; elle avait donc changé de nom et décidé de travailler pour Mme Mireille. On peut rester anonyme dans le milieu des prostituées. Elle se sentait en sécurité avec les autres filles, dont aucune n'utilisait son vrai nom et qui toutes avaient vécu au moins une histoire avec un homme violent.

Chrysis fit d'abord un croquis de Juliette assise sur le lit, encore complètement habillée, comme si elle attendait son client ; puis un autre d'elle debout, un pied sur une chaise, en train d'enlever un de ses bas. Et un troisième où elle était nue sur le lit. À partir de ces croquis, Chrysis avait l'intention d'exécuter une série de tableaux qu'elle intitulerait *L'Attente du client*. Juliette était un excellent modèle, qui exprimait de manière authentique les différents états d'âme et poses des femmes de sa profession.

Chrysis alla s'asseoir sur le bord du lit pour installer Juliette dans la position qu'elle souhaitait pour la dernière série d'esquisses. « Mets-toi sur le côté », dit-elle. Comme la jeune femme s'exécutait, Chrysis découvrit une cicatrice sur sa hanche et elle l'effleura du bout des doigts.

« Que t'est-il arrivé ?

— Regarde bien. Ce sont les initiales MT. Maurice Toscan. Il marque toutes ses filles pour bien les identifier comme étant sa propriété.

— C'est monstrueux.

— Je crois que toi et moi avons presque le même âge, dit Juliette. Mais nous avons visiblement connu des vies très différentes. »

Chrysis posa sa main doucement sur la hanche de Juliette, recouvrant la meurtrissure de sa paume. « Je suis tellement désolée, Juliette. »

La jeune femme sourit et haussa les épaules.

« C'est comme ça, c'est tout. C'est derrière moi, maintenant.

— Je n'ai plus qu'un seul dessin à faire, dit Chrysis. Mais, d'abord, je veux te poser une question. Est-ce qu'il arrive qu'un client te donne vraiment du plaisir ?

— Très, très rarement. Mais, parfois, on peut avoir l'illusion de faire l'amour plutôt que de rendre un service payant ; c'est toujours une impression à la fois douce et amère.

— Pour ce dernier croquis, je voudrais que tu te projettes dans une circonstance de ce genre, dit Chrysis. Je veux que tu imagines que tu viens de faire l'amour et que tu as eu un orgasme, que ton client/amant est maintenant parti. Tu te retrouves seule, rassasiée et comblée, mais en même temps, avec ce sentiment d'amertume que tu décrivais. »

Juliette hocha la tête. Elle prit la main de Chrysis encore posée sur sa hanche et, se tournant sur le dos, la posa sur son ventre chaud et doux, juste au-dessus de son pubis.

« Mais pourquoi me demandes-tu d'imaginer un état pareil, Chrysis ? Comment peux-tu faire un vrai tableau si ton modèle ne fait que jouer, faire semblant qu'elle ressent quelque chose qu'elle n'éprouve pas à ce moment-là ? » Très lentement, elle remonta la main de Chrysis jusqu'à ses côtes, juste sous sa poitrine, et Chrysis ne résista pas. « Ces autres poses étaient faciles à prendre parce qu'elles font toutes partie du quotidien de ma profession et elles n'exigent aucune imagination de ma part. Mais ce que tu me demandes maintenant est plus difficile. Cependant, si tu arrives à me faire éprouver ces sensations que tu veux, tu auras un vrai tableau, pas un faux. Et, après tout, tu as payé pour mes services, non ? »

Le toucher de la peau veloutée de Juliette contre la sienne, la douceur du contact de leur chair, l'avidité de leurs lèvres lorsqu'elles s'embrassèrent, la rondeur sensuelle et réconfortante de deux corps de femmes ensemble, si différents de celui, musculeux, anguleux, d'un homme – ni mieux ni moins bien, seulement différent. Elles surent d'instinct comment se donner du plaisir avec les mains, la bouche, la langue, sans maladresse, sans honte, et lorsqu'elles eurent terminé, elles restèrent enlacées, en silence. Enfin, Chrysis se leva et reprit son bloc à dessins ; elle dessina Juliette dans l'état exact qu'elle avait décrit et, comme elle se trouvait elle-même dans la même disposition, l'artiste et le modèle ne faisaient qu'un, à la fois sur le plan physique et sur le plan des émotions. Chrysis reconnut que c'était la forme d'épanouissement la plus vraie, la plus rare qu'un artiste puisse rêver, qu'elle n'avait jamais connue auparavant, et dont elle savait qu'il lui serait difficile de la retrouver un jour.

Lorsqu'elles retournèrent au salon, elles trouvèrent l'établissement bien plus animé, les lumières étaient tamisées, l'atmosphère était chargée de tension érotique. Au piano, un musicien noir jouait du jazz et les clients dansaient avec les filles sur la petite piste à côté du bar. Chrysis trouva Casmir avachi dans un fauteuil Louis XIV doré, il paraissait agacé et désœuvré. Elle lui présenta ses excuses pour s'être absentée si longtemps et lui expliqua qu'elle avait fait plus de croquis que prévu.

Le poète éclata de rire.

« Ah, ma chère, il n'y a pas de secrets entre nous, dit-il. Je sens son odeur sur toi. Et je vois à ton regard languissant que tu es assouvie.

— Je crois que je ne suis plus tellement intéressée par le voyeurisme ce soir, dit Chrysis. Je vais me contenter d'un verre de champagne au bar et régler ma note auprès de Madame. Ensuite, il faut que je retourne à mon atelier pour peindre. Je suis désolée, Casmir.

— Ce n'est rien, ma chère, dit-il. Il te suffira de m'offrir un bon dîner. »

En approchant du bar, Chrysis trouva Mme Mireille en grande conversation avec le barman. Madame lui lança un regard. « Je suis à vous tout de suite, jeune dame », dit-elle.

C'est alors que Chrysis se tourna vers le barman.

« Mais qu'est-ce que vous faites ici ? balbutia-t-elle avant de réfléchir.

— Je vous demande pardon, mademoiselle ? fit Mme Mireille.

— Je vous prie de m'excuser, dit Chrysis. Je parlais à ce monsieur. Je ne cherchais pas à vous interrompre, j'ai juste été surprise de le voir.

— Vous vous connaissez ? demanda Madame.

— Non, pas exactement, dit Chrysis. Enfin, nous ne nous sommes pas vraiment rencontrés.

— Eh bien, permettez-moi de vous présenter, dit Madame, visiblement dans une grande confusion. Voici Bogart, notre nouveau barman à temps partiel et gardien de la paix à plein temps. Avec tous les marins américains en ville, la clientèle de La Belle Poule est un peu plus… comment dirais-je… dissipée qu'en temps normal. Je m'en plaignais récemment à mon cher ami, Jimmie Charters, le barman du Dingo, et il m'a dit qu'il avait l'homme qu'il me fallait. Mais je ne connais pas votre nom, jeune dame…

— Chrysis, dit-elle, en tendant la main à Bogey. Je m'appelle Chrysis. »

Sa poignée de main était chaude et puissante, et il tint la main de Chrysis dans la sienne pendant un long moment, jusqu'à ce qu'elle se sente presque prête à défaillir. « Je suis très heureux de vous rencontrer, miss, dit-il. Pour répondre à votre question, je travaille ici. C'est mon premier soir. » Il eut un sourire ironique. « Mais je pourrais vous poser la même.

— Voici mon ami Casmir, dit Chrysis, consciente que son visage était cramoisi.

— Bogart, servez du champagne à mes amis Chrysis et Casmir, dit la patronne, et peut-être pourrez-vous éclaircir la situation. Votre séance avec Juliette a été satisfaisante, j'imagine ?

— Oui, très satisfaisante, je vous remercie.

— Il faut que j'aille m'occuper de mes clients, dit Madame en s'éloignant du bar. Vous pouvez laisser le montant sur lequel nous nous sommes entendues auprès de Bogart, mademoiselle. »

Plus tard, Chrysis se souviendrait que le pianiste jouait et chantait une nouvelle chanson qu'elle avait déjà entendue au Bal nègre. Elle avait été écrite par un compositeur américain, Cole Porter, qui vivait à Paris et qui était un habitué de l'établissement ; il y jouait souvent avec la formation qui s'y produisait. Le morceau s'appelait *Let's Misbehave*.

« Et pour répondre à *votre* question, je suis venue ici pour travailler, moi aussi, lui dit Chrysis, toujours déroutée par sa présence et éprouvant, sans savoir pourquoi, le besoin de se justifier devant lui. Je veux dire… je ne suis pas une des filles… non, je ne travaille pas ici de cette façon-là. Je suis venue faire des croquis. Vous voyez, je suis peintre… et… et je bafouille… pardonnez-moi.

— Je vous faisais marcher, miss, c'est tout, dit Bogey en souriant de son embarras. La raison pour laquelle vous êtes ici ne me regarde pas.

— Acceptez-vous de venir me retrouver demain après-midi au Select ? demanda-t-elle. Vers 4 heures ? Il faut que je vous parle. »

Bogey hocha la tête.

Comme ils quittaient La Belle Poule, Casmir dit :

« C'est l'homme dont tu es amoureuse, n'est-ce pas ?

— Comment le sais-tu ? »

Casmir se contenta de rire.

III

« Vous vous souvenez de moi ? demanda Chrysis.

— Oui, l'hiver dernier, dit Bogey. J'étais assis ici même et j'écrivais dans mon carnet. Et vous étiez dehors, vous regardiez à travers la vitre. On aurait dit un pauvre petit enfant abandonné.

— Depuis, je n'ai cessé de vous chercher. J'ai cru que je ne vous reverrais jamais.

— La Belle Poule, c'est un drôle d'endroit pour se rencontrer par hasard.

— Dites-moi la vérité, dit Chrysis. Est-ce que vous m'avez cherchée ? Est-ce que vous avez pensé à moi ?

— J'ai regretté par la suite de ne pas vous avoir parlé, dit Bogey. Et j'ai regretté de ne pas avoir regardé votre dessin. J'étais un peu absent ce soir-là.

— Je l'ai bien vu. On aurait dit que vous viviez dans un monde distinct du nôtre.

— Oui, cela m'arrive souvent. »

Ils se regardèrent longuement et c'était comme s'ils se connaissaient depuis toujours, comme s'ils savaient tout l'un de l'autre, même si, bien entendu, il n'en était rien.

« Vous êtes écrivain, finit par dire Chrysis.

— Non, pas vraiment, répondit Bogey. Mais vous êtes peintre.

— Oui, enfin, j'étudie la peinture. J'ai encore beaucoup à apprendre. Vous êtes américain, n'est-ce pas ?

— C'est exact. »

Il sourit.

« Comment avez-vous deviné ?

— Votre accent vous trahit. Et, bien sûr, vos bottes de cow-boy. »

Bogey éclata de rire.

« Parfois, des étudiants de l'École des beaux-arts m'arrêtent sur le trottoir et me demandent si je suis un vrai cow-boy, ou si je me rends à un bal costumé.

— Et que leur répondez-vous ?

— Je leur dis que je suis déguisé, bien entendu.

— Si je peux me permettre, comment se fait-il qu'un cow-boy américain se retrouve dans un bordel à Paris ?

— C'est une assez longue histoire.

— J'imagine. Quel est votre vrai nom ?

— Bogart. Bogart Lambert. Mais la plupart des gens m'appellent Bogey. »

Chrysis lui lança un regard appuyé ; un lointain souvenir remontait de son enfance, comme un frisson glacial, le long de sa colonne vertébrale.

« D'où, en Amérique, venez-vous ?

— De l'État du Colorado. Ma famille a un petit ranch là-bas.

— Vous étiez dans la Légion étrangère.

— Comment le savez-vous ?

— Je croyais que vous étiez mort.

— Je vous demande pardon ?

— Bogart Lambert a été tué pendant la guerre, dit Chrysis. Les Boches l'ont tué, c'est mon père qui me l'a dit.

— Qui est votre père ? demanda Bogey.

— Il m'a parlé de vous et de Crazy Horse. Vous êtes le courrier cow-boy. Il m'a tout raconté sur vous. Il vous a rencontré.

— Qui est votre père ? recommença Bogey.

— Le colonel Charles Jungbluth, répondit-elle. Commandant du 217e régiment d'infanterie. Vous êtes allé dans ses tranchées pendant la bataille des monts de Champagne, lors de l'offensive du printemps 1917. N'est-ce pas exact ? »

Bogey la regarda pendant un long moment, puis il détourna les yeux, comme s'il se refermait, se repliait en lui-même. Chrysis revit dans la profondeur de son regard toute l'angoisse du souvenir qu'elle avait surprise ce jour-là, au Select.

Pour finir, il hocha la tête.

« Oui, je me souviens de votre père. C'était une de mes premières missions. J'étais si jeune, si insouciant. Je croyais que j'étais invincible… que les balles ne pouvaient m'atteindre. Votre père a été très gentil avec moi.

— Finalement, vous n'êtes pas mort, dit-elle.

— Non, je ne crois pas.

— Toutes ces années, depuis que je suis petite, je croyais que vous étiez mort.

— Comme beaucoup de gens, fit Bogey.

— Acceptez-vous de venir avec moi chez mes parents ? demanda Chrysis. Vous voulez bien que nous y allions maintenant ? Ce serait une surprise tellement extraordinaire pour papa. Lui aussi, pendant toutes ces années, il a cru que vous étiez mort. Ce serait une nouvelle fin pour l'histoire, une nouvelle fin magnifique. Et quel beau cadeau je lui ferais.

— De quelle histoire parlez-vous ?

— La belle histoire de guerre qu'il m'a racontée quand j'étais petite, dit-elle. L'histoire du courrier cow-boy.

— Je serais heureux de revoir votre père, dit Bogey. Mais il faut que je parte bientôt travailler. Demain, je suis en congé et, si vous voulez, je vous accompagnerai. Mais vous devez me promettre une chose. Vous devez me promettre que vous ne parlerez de moi à personne d'autre.

— D'accord, je le promets, dit Chrysis. Mais pourquoi ?

— Parce que vous avez raison sur un point. Le courrier cow-boy est mort et je souhaite qu'il repose en paix. »

Chrysis tendit la main et saisit celle de Bogey.

« Bogart ?

— Oui, Chrysis.

— Est-ce que vous le sentez ? Est-ce que vous sentez ce qu'il y a entre nous ? »

Bogey hocha la tête.

« Je suis amoureuse de vous depuis que j'ai 12 ans, dit-elle.

— Vous étiez amoureuse d'un personnage mythique que votre père avait créé pour vous.

— Mais, ensuite, je suis tombée amoureuse de vous l'an dernier, ici même, dit Chrysis, et sans savoir qui vous étiez, sans même vous parler. Lorsque je vous ai vu hier soir, j'étais encore amoureuse de vous. Et peut-être que vous ne le savez pas encore, mais vous êtes amoureux de moi.

— Je ne sais pas grand-chose de l'amour », répondit Bogey.

IV

« Peut-être que nous ne devrions pas dire à père où nous nous sommes rencontrés, l'autre soir », dit Chrysis en ouvrant la porte de l'appartement.

Bogey rit.

« Je pense que c'est une très bonne idée. Je me rappelle que votre père était un homme de caractère.

— C'est une façon de le dire, dit-elle. Je vais tout simplement prétendre que nous nous sommes rencontrés au Select. Ce qui est plus ou moins vrai.

— Et où allez-vous lui dire que vous avez fait ces dessins ?

— Je ne vais pas les lui montrer. Tout au moins, pas tout de suite. Mais, un jour, il les verra. »

Ses parents prenaient l'apéritif lorsque Chrysis entra dans le salon avec Bogey. Le colonel se leva ; Chrysis embrassa son père, puis sa mère. « J'ai amené un ami qui veut te voir, papa, dit-elle. Quelqu'un que tu te rappelleras peut-être. »

Les cheveux du colonel avaient beaucoup blanchi ces dernières années et sa moustache en guidon de vélo était maintenant soigneusement taillée. C'était un monsieur d'une bonne cinquantaine d'années qui avait l'air tout à fait distingué, encore mince, dont on remarquait le port très droit, caractéristique des militaires. Il regarda Bogey d'un air interrogateur.

« Nous nous sommes déjà rencontrés ? demanda-t-il en tendant la main. Je suis désolé, mais je crains de ne pas vous reconnaître.

— Oui, colonel Jungbluth, dit Bogey en levant la main pour exécuter un salut militaire. Nous nous sommes rencontrés. J'étais le légionnaire 2e classe Bogart Lambert, monsieur, du 4e bataillon, sous le commandement du colonel Jacques Daumier. Nous nous sommes brièvement croisés pendant la guerre. Cependant, il n'y a aucune raison pour que vous vous souveniez de moi. »

Le colonel observa longuement Bogey et sa lèvre inférieure se mit à trembler.

« J'ai assisté à votre messe de souvenir, chuchota-t-il, la voix rauque, la main tremblante lorsqu'il la leva pour le saluer. Vous avez été décoré de la croix de guerre à titre posthume.

— Oui, monsieur, elle a été envoyée à mes parents, dans le Colorado, dit Bogey. Ils l'ont mise dans ma chambre, avec mes trophées de rodéo.

— Comme votre corps n'a jamais été retrouvé, il y a eu une enquête, dit le colonel. Certains membres du tribunal militaire croyaient que vous aviez déserté. Néanmoins, votre commandant et d'autres dans votre bataillon ont témoigné en votre faveur. Il y avait eu tant de morts, de victimes qui avaient été enterrées sur le champ de bataille, tant qui avaient tout simplement disparu, qu'il n'y avait aucun moyen de savoir ce que vous étiez devenu. Mais c'est incroyable… La Légion est-elle au courant que vous êtes toujours vivant ?

— Non, colonel, dit Bogey. Et je n'ai aucune intention de l'en informer.

— Mais pourquoi ? s'étonna le colonel Jungbluth. Vous serez, au minimum, éligible pour une compensation financière quelconque de la part du gouvernement. Et vous aurez droit aux honneurs de la nation.

— Voilà exactement la raison, dit Bogey. Vous y étiez, colonel. Vous savez ce que c'était. Pourquoi voudrais-je réveiller tout cela ? Pourquoi voudrais-je ce genre d'attention ? La guerre est terminée depuis sept ans, le courrier cow-boy est mort et oublié, le monde est passé à autre chose. Je suis passé à autre chose. Laissons donc le passé à sa place. Votre fille a promis de ne pas parler de moi à quiconque. Et je vous demanderai la même discrétion. »

Le colonel réfléchit un moment à ce que Bogey venait de dire, puis il hocha la tête.

« Très bien, légionnaire Lambert. Si vous souhaitez rester un homme mort, je dois respecter votre décision. Cependant, je vous serais reconnaissant de m'accorder l'honneur de me raconter, en privé, ce qui vous est arrivé et où vous avez été, ces dernières années. Après notre brève rencontre ce printemps-là, j'ai suivi votre carrière militaire d'aussi près que je le pouvais, dans ces circonstances. J'ai souvent entendu les histoires de vos exploits.

— Terriblement exagérées, colonel, je peux vous l'assurer, dit Bogey. Oui, si tel est votre souhait, je vous dirai ce que je sais, ce dont je me souviens et où j'ai été. »

Bogey resta dîner avec la famille Jungbluth et il leur raconta tout, il leur parla de l'explosion sur la route de Mons, de sa sortie du coma à Édimbourg, des mois de chirurgie et des années de rééducation, de sa carrière de boxeur en Écosse et, finalement, de son retour en France. Et il lui apparut, pendant son récit, que c'était la première fois qu'il racontait cette période avec tant de détails. Même pendant les trois années qu'il avait passées à travailler avec Archie, il ne lui avait jamais rien confié d'autre que des faits très généraux et Archie avait respecté son désir de discrétion.

« Mais ne souhaitez-vous pas rentrer chez vous ? demanda le colonel. Voir votre mère et votre père ?

— J'écris à mes parents toutes les semaines, colonel. Mon père vieillit et, bientôt, ma présence sera nécessaire au ranch, et je finirai par reprendre l'exploitation. Et lorsque je rentrerai là-bas, j'imagine que je n'en repartirai jamais plus. Je ne suis pas encore prêt et je crois qu'ils le comprennent. »

Chrysis et Bogey échangèrent un regard et ils aperçurent, à cet instant-là, les chemins distincts de leurs vies respectives, comme si tout le déroulement de leur relation naissante s'étalait, lisible, devant eux, et pourtant déjà derrière eux.

V

Chrysis était en train de terminer sa seconde année sous la férule du professeur Humbert et ses travaux révélaient une nouvelle maturité et une assurance inédite. Malgré l'aspect parfois fastidieux des exercices imposés en classe, qui nécessitaient une certaine rigueur académique, elle continua à développer son style personnel. Il était considérablement influencé et enrichi par son travail à l'extérieur de l'atelier, tant au bordel que dans les lieux de vie du quartier. Ses croquis et ses études, et les tableaux qu'elle finirait par en tirer, révélaient sa joie de vivre nourrie de la fougue de la jeunesse et sa sensualité. Ses toiles étaient vivantes, pleines de couleurs, de mouvements et de gaieté, et même celles qui avaient une tonalité plus sombre, qui paraissaient approcher de l'à-pic où les plaisirs de l'érotisme risquent de tomber dans l'abysse du désespoir, même celles-là gardaient une ultime aura d'espoir, de salut.

Elle avait commencé, petit à petit, à montrer au professeur Humbert certaines des œuvres qu'elle avait exécutées à l'extérieur de l'atelier, celles qui décrivaient des scènes de la vie réelle, des vraies personnes.

Le professeur n'avait pas besoin de demander où ces dessins et ces tableaux avaient été exécutés, et ce n'était pas son rôle de le faire. Dans le passé, il avait formé un certain nombre d'artistes hommes qui avaient été brièvement séduits par le monde thématique de Toulouse-Lautrec, mais c'était généralement une affectation de leur part, une sorte de pratique plagiaire, plutôt qu'une authentique passion. Dans le travail de cette femme parfois pénible, il reconnaissait l'authenticité fidèle au réel.

Au cours de sa longue carrière d'enseignant, Humbert en était venu à voir ses élèves d'abord comme des œufs et lui, comme la poule qui les couvait dans son nid. Rapidement, ils devenaient d'insatiables jeunes poussins qui, le bec grand ouvert, demandaient, à grand renfort de pépiements, à être nourris. Puis les oisillons tentaient, l'un après l'autre, de prendre leur envol. Et enfin, ceux qui avaient survécu à toutes ces épreuves, qui n'étaient pas morts dans le nid, qui n'étaient pas tombés pour finir dévorés par un chat, devenaient des adultes à part entière qui n'avaient plus besoin que leur maman les protège et les nourrisse, et qui s'envolaient une fois pour toutes, pour ne jamais revenir voir le professeur, dans la plupart des cas. Malgré sa jeunesse, la jeune Jungbluth avait été le premier œuf éclos, la bouche la plus exigeante et la première à savoir voler.

Bogey, quant à lui, continua à travailler à La Belle Poule. Cet emploi n'avait rien de pénible et il lui rappelait le temps passé chez Mona, à New York, un temps qu'il aurait cru appartenir à une autre vie. Il en avait appris beaucoup sur le travail de barman grâce à Jimmie pendant la période où ils avaient été employés au Dingo et, maintenant, à la maison close, il partageait cette fonction avec le mari de Mme Mireille, que tout le monde appelait père Jean, un vieux bonhomme enjoué avec des airs de lutin. Bogey et lui formaient un tandem efficace derrière le bar ; le père Jean n'avait absolument rien de menaçant lorsqu'il s'adressait aux clients indisciplinés et il réussissait souvent à obtenir qu'ils renoncent à leurs mauvais comportements rien qu'avec sa gaieté naturelle. Et lorsqu'il échouait, Bogey intervenait en tant que responsable du maintien de l'ordre.

Pour la plupart, les marins américains, même s'ils étaient souvent chahuteurs et bruyants, ne posaient pas vraiment de problèmes. Bogey était frappé par la jeunesse extrême de beaucoup d'entre eux. Bien entendu, ils buvaient à l'excès, mais Bogey avait une expérience considérable dans l'interaction avec les ivrognes. Par contre, il ne touchait pas aux filles de La Belle Poule, comme c'était le cas chez Mona, parce que Mme Mireille n'avait pas proposé que cela fasse partie de sa rémunération et, de toute façon, il était amoureux.

Chrysis venait souvent à la maison close, l'après-midi, lorsqu'elle avait fini ses cours à l'atelier, soi-disant pour faire des croquis, mais aussi pour voir Bogey. Pendant les heures de travail, Mme Mireille ne leur permettait pas, cependant, de bavarder au-delà des échanges habituels entre un barman et une cliente. Chrysis avait réussi à devenir assez amie avec la vieille dame, qui se rendait bien compte que les deux jeunes gens étaient amoureux et qui, sous ses dehors acariâtres, était d'un tempérament étonnamment sentimental. Sa profession consistait à vendre l'illusion de l'amour et elle avait une sensibilité particulière pour l'amour, le vrai.

Les jours où Bogey était en congé, Chrysis et lui sortaient parfois dans les cafés ou les restaurants, ou ils se promenaient dans les rues de Paris ensemble, bras dessus, bras dessous, tous les deux minces et élancés, marchant à grands pas parfaitement synchronisés, à l'exception d'une très légère claudication chez Bogey. Ils formaient un beau couple et tous ceux qui croisaient les deux amoureux souriaient en les voyant si heureux ensemble, si épris.

Un jour, au début du mois d'octobre, alors que les feuilles sur les arbres resplendissaient de toutes les couleurs de l'automne, ils traversaient le petit pont pour rejoindre l'île de la Cité, lorsque Chrysis s'arrêta et se tourna vers Bogey. Elle le prit par les épaules, l'attira tout près d'elle et le regarda droit dans les yeux. « Bon, maintenant, il faut que tu m'expliques, que se passe-t-il ? Est-ce que tu serais encore puceau ? »

Bogey rit.

« Je serais un peu vieux pour ça, non ?

— Alors, comment se fait-il que tu n'aies pas encore essayé de me séduire ? Ne me trouves-tu pas désirable ?

— Tu es la femme la plus désirable que j'aie jamais rencontrée.

— Alors, pourquoi ? »

Bogey baissa les yeux et contempla une péniche qui passait sur la Seine, en contrebas.

« Cela fait un moment que je veux te parler de quelque chose sans jamais oser le faire. J'ai mentionné à ta famille l'explosion et les opérations que j'ai subies. Mes jambes sont très abîmées et il reste des éclats de shrapnel que je garderai à vie. Je ne veux pas que tu les voies. J'ai peur que ça te dégoûte.

— C'est la seule raison ? demanda-t-elle. Tout le reste fonctionne normalement ?

— Pour ce que j'en sais, tout le reste est en parfait état de marche.

— Mais tu es fou ! J'ai cru que tu ne me désirais pas, ou que tu avais d'autres blessures. Pourquoi ne me l'as-tu pas dit, tout simplement ? Ne comprends-tu pas que je me fiche de l'apparence de tes jambes ? Est-ce que tu croyais vraiment que nous allions nous aimer sans que tu enlèves jamais ton pantalon devant moi ? »

Bogey rit, à la fois amusé par les paroles de Chrysis et gêné par ses propres réticences.

« Il est vrai que j'ai beaucoup réfléchi pour trouver une façon de l'éviter, admit-il.

— Mais c'est impossible », dit-elle.

Cet après-midi-là, Bogey la ramena à son appartement, qu'il avait meublé comme un ouvrier du ranch aurait aménagé sa cabane, chez lui, avec des meubles simples en bois, un cadre de lit en fer et une petite cuisinière à bois.

« Tu es très ordonné, pour un homme, fit remarquer Chrysis. Je serais gênée que tu voies mon atelier. Je suis loin d'être aussi disciplinée. »

Bogey prit sa main et la porta à ses lèvres. « Je le savais déjà, ma chérie, dit-il. Mais j'aime te voir toujours avec de la peinture sur les mains et sous les ongles. » Il prit l'index de Chrysis et le passa sur sa bouche. Il entrouvrit son chemisier et l'embrassa dans le cou. Sa poitrine, qui s'était empourprée, était constellée de petites taches colorées. Il souleva son chemisier, elle leva les bras et il le lui enleva. Il y avait de la peinture sur ses seins aussi.

« Tu utilises les couleurs primaires, chuchota-t-il en l'embrassant, et tu peins nue.

— Une liberté qui ne nous est pas accordée à l'atelier Humbert. Mais je pense que, si les modèles se dénudent, le peintre devrait y être prêt, lui aussi. Cela crée une forme d'intimité. »

Bogey s'accroupit et lui enleva ses babouches, lui caressa les chevilles. Il paraissait si fort, si calme et assuré, qu'elle était heureuse de se laisser aller entre ses mains, et ce faisant, sa propre passivité fit grandir son excitation. Il défit le cordon et descendit son pantalon bouffant sur ses hanches, le long de ses jambes. Puis il se redressa, déboutonna sa chemise et l'enleva, révélant les muscles noueux de son torse et de ses bras, typiques d'un physique de boxeur, et les cicatrices laissées par les combats et la guerre. Il défit sa ceinture et ôta son jean. Maintenant, ils étaient tous les deux nus, les yeux dans les yeux, tout à leur désir, à leur amour. Bogey la prit dans ses bras et elle sentit son torse puissant contre ses seins, son sexe dressé contre son ventre, et il sentit ses seins fermes contre sa poitrine, son ventre chaud contre son sexe ; leur harmonie était parfaite, comme si les sensations de l'un appartenaient à l'autre.

Dans le lit, ils prirent le temps de se découvrir, de se toucher, s'embrasser, s'enlacer, échanger leur chaleur, peau contre peau. Elle passa doucement sa main sur sa jambe, sur les boursouflures des cicatrices, les creux où manquaient la chair et le muscle. Il tressaillit tout d'abord lorsqu'elle le toucha, non pas sous l'effet de la douleur, qui était devenue insignifiante, mais à cause du souvenir de la douleur et de l'appréhension. Il n'avait pas été avec une femme depuis qu'il avait quitté la maison de Mona dix ans auparavant et, à l'exception des infirmières à l'hôpital, personne n'avait vu ni touché ses jambes. Chrysis sentit le corps de Bogey se raidir légèrement et elle chuchota : « Tout va bien, tu es si beau, je t'aime », et elle caressa ses jambes meurtries jusqu'à ce qu'il commence à la croire et à se détendre à nouveau. Et ensuite, ils abolirent toute limite dans ce qu'ils partagèrent, ce qu'ils échangèrent, ils ne se refusèrent pas le moindre plaisir, explorèrent la moindre parcelle de leurs corps ; chacun possédait le corps de l'autre dans une intimité qu'aucun d'eux n'avait connue auparavant et même leur orgasme, lorsqu'il arriva, et qu'ils vécurent les yeux dans les yeux, parut être partagé, les fusionner, les unir pour qu'ils ne fassent plus qu'un, dans la perfection et la complétude.

Plus tard, enveloppés par la douceur de l'automne, ils marchèrent enlacés dans les rues étroites du « village », dans les premières lueurs des lampadaires, au milieu des bars, des cafés et des restaurants, dont les terrasses commençaient à se remplir des gens qui venaient prendre leur apéritif quotidien. Ceux qui voyaient passer le jeune couple reconnaissaient sur leurs visages le rayonnement de la passion consommée et tous souriaient d'un air entendu, heureux d'être ainsi témoins des traces laissées par leur acte d'amour.

CHRYSIS & BOGEY
1927

I

Chrysis partageait son temps entre ses études à l'atelier Humbert, son histoire d'amour naissante avec le cow-boy américain, son rôle de fille dévouée auprès de ses parents et ses incursions encore secrètes dans les profondeurs de la vie nocturne parisienne aux charmes irrésistibles, au titre d'artiste et de participante. Elle évoluait entre ces mondes avec une belle assurance, avec la grâce de la jeunesse, éprise de toutes les facettes, variées et apparemment contradictoires, de sa vie. Elle aimait son travail avec le professeur Humbert, qui devenait de plus en plus irritable avec l'âge ; mais elle avait fait la paix avec le vieux monsieur et éprouvait pour lui une immense tendresse. Elle aimait sa mère, Marie-Reine, une femme au tempérament enthousiaste et gai, dont la véritable nature avait été étouffée par une vie tout entière passée sous l'autorité de son mari, le colonel. Elle aimait son père – elle l'aimait, l'admirait et le craignait même parfois. Elle avait conscience que, malgré sa sévérité, il avait renoncé à certaines de ses aspirations pour lui donner les moyens de réaliser ses rêves. Et, bien sûr, elle aimait son cow-boy silencieux et tourmenté, Bogey

Lambert, la seule personne qu'elle ait jamais connue qui ne paraissait pas le moins du monde intimidée par le colonel. Chrysis en était fort intriguée et d'autant plus séduite par Bogey, un homme rare dont la simple force de caractère était aussi remarquable que celle de son père. Et pourtant, elle lui reconnaissait aussi une certaine fragilité, une nature douce et aimante qui donnait encore plus d'intensité et de richesse à leur attachement.

Au-delà de ses relations personnelles et professionnelles, Chrysis aimait le monde pétillant des artistes de Montparnasse, ce mélange de peintres, musiciens, danseurs, d'écrivains et d'artistes en tout genre venus du monde entier, pour vivre dans un même esprit de liberté et de transgression. Elle aimait la vie des cafés, des bars, des cabarets, des bals et des bordels, la vitalité débordante de ces lieux, leur mouvement perpétuel, leur mystère et l'excitation qu'ils offraient aux sens. Chrysis aimait tout, elle avait l'impression d'être la jeune femme la plus chanceuse de la Terre, de pouvoir vivre toute cette richesse, toute cette effervescence. Les semaines et les mois défilaient, la jeunesse passait à toute allure, avec une telle intensité et une telle frénésie qu'on se rend compte seulement une fois qu'il est trop tard qu'elle ne dure pas toujours.

Comme elle avait généralement cours avec le professeur le matin et qu'elle passait ses soirées sous l'œil attentif de ses parents, Chrysis ne pouvait pas aller souvent dessiner à La Belle Poule tard le soir ou aux premières heures du jour. Il lui fallait attendre que ses parents partent à la campagne pour pouvoir s'échapper et elle trouvait que l'atmosphère de la maison close était particulièrement authentique pendant ces heures fatidiques, juste après minuit. C'était un moment plus doux, plus riche, plus posé, parfois de grande gaieté, d'autres fois chargé d'émotion, un moment où tout le monde se délivrait de ses inhibitions et révélait sa vraie nature. C'étaient exactement ces instants d'ouverture que Chrysis espérait saisir dans ses œuvres.

Lors d'une de ces soirées, à la fin du printemps, alors qu'elle était en train de dessiner dans le grand salon, Jules Pascin, un client régulier de la maison close, arriva avec sa cour d'amis et de parasites, tous quelque peu éméchés. Il portait son inévitable chapeau melon, son écharpe blanche et son costume noir habituels ; la cigarette coincée au coin des lèvres, Pascin jeta un regard circulaire dans la pièce. Craignant qu'éclatent des jalousies entre artistes, Madame s'approcha de Chrysis et lui demanda de ranger son bloc à dessins.

Tout en choisissant des filles avec qui il boirait du champagne et pourrait danser, le peintre remarqua la présence de Chrysis.

« Il me semble vous reconnaître, jeune dame. Ne vous aurais-je pas croisée dans les cafés du "village" ? Je suis un peu ivre et je crains d'avoir oublié votre nom… ou de fait, peut-être ne l'ai-je jamais su. Que faites-vous donc dans ces lieux ?

— Je travaille, monsieur Pascin, répondit Chrysis. Et je m'appelle Chrysis.

— Splendide, Chrysis ! fit le peintre. Dans ce cas, considérez que vous êtes embauchée. Dansons ! »

Chrysis éclata de rire.

« Je ne fais pas ce genre de travail, monsieur. Je suis peintre et Mme Mireille me permet parfois de venir dessiner ici. Néanmoins, elle m'a demandé de ranger mon bloc à dessins lorsque vous êtes entré, parce qu'elle dit que vous, et vous seul, êtes l'artiste en résidence à La Belle Poule.

— Vous m'en voyez flatté, dit Pascin. Madame aura un bon pourboire en fin de soirée ! »

Il tendit sa carte à Chrysis.

« Oui, maintenant, je me souviens de vous avoir vue en train de dessiner dans les cafés. Venez me voir dans mon atelier demain. Je vous embaucherai comme modèle. Vous êtes vraiment tout à fait charmante.

— Je regrette, je ne fais pas non plus ce genre de travail, monsieur Pascin, dit-elle. S'il m'arrive de poser, c'est seulement pour mes propres œuvres.

— Mais tout le monde dans le quartier vous dira que je paie mes modèles bien plus que les autres artistes.

— Et j'ai entendu dire que vous leur en demandiez plus aussi.

— Vous êtes une jeune fille bien impertinente !

— Peut-être accepteriez-vous de poser pour moi, monsieur Pascin ? demanda Chrysis. Les artistes hommes peignent constamment des femmes nues, mais personne ne semble peindre des hommes nus, sauf pour des études dans les ateliers, ou pour le concours du Prix de Rome. »

Pascin rit.

« C'est parce que aucun marchand d'art n'est prêt à acheter des tableaux représentant des hommes nus, dit-il. Et encore moins des nus pour lesquels j'aurais servi de modèle. Une simple question d'esthétique et de loi du marché. Dans tous les cas, je suis, moi aussi, exclusivement peintre et pas modèle.

— Parfait, nous sommes donc égaux, rétorqua Chrysis.

— Quelle impertinence, décidément ! Comment avez-vous dit que vous vous appeliez ?

— Chrysis. Chrysis Jungbluth.

— Et avez-vous déjà exposé vos travaux, mademoiselle Jungbluth ?

— Pas encore, monsieur. Je suis encore étudiante à l'atelier Humbert.

— Un jour, lorsque vous serez prête pour une exposition, dit Pascin, je pourrai peut-être vous aider. En attendant, prenons une coupe de champagne ensemble et montrez-moi vos dessins. »

Bogey apporta, sur un plateau, une bouteille de champagne et des verres à la table de Pascin. Il échangea un sourire complice avec Chrysis tandis qu'elle ouvrait son bloc pour montrer son travail au peintre. Mme Mireille les contemplait, heureuse que les artistes aient si vite trouvé un terrain d'entente et fière que son établissement soit à nouveau le lieu privilégié où se resserrait le lien intemporel entre sexe et art, dont aucun ne pouvait, à son avis, exister sans l'autre.

« Pas mal, dit Pascin en tournant les pages. Oui, c'est un travail intéressant. Je suppose que vous devez avoir un certain talent, sinon, vous n'oseriez pas vous montrer aussi arrogante. Dites-moi, dans quelles autres techniques travaillez-vous ?

— Essentiellement l'huile et l'aquarelle.

— Excellent. Venez me voir à mon atelier pour me présenter d'autres travaux. Je vous promets que je ne vous demanderai pas de poser… ni de faire ces autres choses auxquelles vous avez fait allusion. »

On sonna à la porte et Mme Mireille descendit accueillir ses clients du petit matin. À cette heure, elle n'acceptait en général que des habitués, mais elle revint accompagnée de trois inconnus. Au moment où ils franchirent le seuil du salon, on aurait cru qu'ils amenaient avec eux un courant d'air glacial ; l'atmosphère chaude et lascive de l'aurore décadente parut s'assombrir instantanément sous le poids d'une tension sinistre et menaçante. Le visage de Mme Mireille était livide et crispé. Elle lança un regard inquiet du côté de Bogey, au bar. Les hommes portaient de longs manteaux noirs et des feutres mous, ils n'étaient visiblement pas du quartier. Deux d'entre eux restaient en retrait, comme s'ils étaient les gardes du corps du premier, et ils avaient les mains enfoncées dans les poches.

« Bonsoir, mesdames et messieurs, dit le chef en inclinant la tête avant d'enlever son chapeau. Je vous en prie, ne nous prêtez aucune attention et n'interrompez pas vos festivités. Notre mission sera brève et, dès qu'elle sera accomplie, nous partirons aussi calmement et paisiblement que nous sommes venus. » L'homme observa les personnes présentes dans le salon.

« Je suis à la recherche d'une jeune femme du nom d'Ariane Rampal, dont j'ai toutes les raisons de croire qu'elle est employée dans cet établissement si *distingué**. Pour vous, les habitués, ou vous, mesdemoiselles, elle est facile à identifier – elle a les initiales MT gravées sur son joli petit cul.

— J'ai déjà expliqué à monsieur, dit Mme Mireille, les yeux rivés sur Bogey, qu'il n'y a personne ici portant ce nom, ou correspondant à cette description.

— Eh bien, je crains que nous soyons obligés de fouiller les chambres. Je suis tout à fait navré de vous causer tant de tracas, messieurs-dames. »

Juste à ce moment-là, Juliette descendit l'escalier et entra dans le salon. Elle se figea instantanément lorsqu'elle vit l'homme et elle pâlit.

« Ma chère Ariane, dit-il. Te voilà, enfin.

— Ne fais de mal à personne, Maurice, dit Juliette. Je vais te suivre sans faire d'esclandre. Mais, avant, donne-moi quelques minutes pour rassembler mes affaires.

— Mais bien sûr, mon amour, dit Toscan, et il se tourna vers un de ses sbires. Gérard, accompagne Ariane et aide-la à préparer ses bagages.

— Je n'ai pas besoin de l'aide de Gérard, dit Juliette. Je suis tout à fait capable de m'en occuper seule.

— Mais, ma chérie, amour de ma vie, et si tu t'enfuyais par la porte de service et si je devais te perdre à nouveau ? dit Toscan. Je ne pourrais pas le supporter. Cela fait si longtemps que je te cherche et, maintenant, enfin, nous sommes réunis. Tu comprends ma méfiance, n'est-ce pas, chérie ?

— Oui, Maurice, je comprends.

— Vas-y, Gérard, va avec elle. Et madame, pendant que nous attendons, servez donc du champagne à tout le monde. »

Toscan leva la main et claqua des doigts. « Garçon, s'écria-t-il d'une voix forte, du champagne pour tous mes amis ! Vous, le pianiste, jouez-nous quelque chose ! »

Le père Jean se chargea d'ouvrir des bouteilles, pendant que Bogey préparait les plateaux derrière le bar. Sans que les hommes le remarquent, il attacha son ceinturon autour de sa taille. Puis, traversant tranquillement le salon, il apporta à Toscan un plateau avec une bouteille et plusieurs verres. L'homme s'était installé à une table, tandis que son second garde du corps se tenait près de la porte, une main toujours enfoncée dans la poche de son pardessus.

« Mais qu'est-ce que vous portez donc autour de la taille ? fit Toscan.

— Oh, ça, monsieur ? dit Bogey en posant le plateau sur la table. Pas de quoi vous alarmer, monsieur, je suis simplement déguisé en cow-boy et c'est un faux revolver, un accessoire de théâtre. Nous organisons des soirées à thème à La Belle Poule, le personnel et les filles se déguisent, pour amuser les clients. Le vendredi, c'est la soirée cow-boys et Indiens, mais tous les Indiens sont déjà rentrés chez eux.

— Donnez-moi votre arme, ordonna Toscan. Sortez-la lentement du holster avec votre pouce et votre index et donnez-la-moi.

— Je vous demande pardon, monsieur ?

— Tu m'as bien entendu, donne-moi cette pétoire. Tu as cinq secondes avant que Luc, mon second, te descende. »

Luc sortit son arme de la poche de son manteau et la pointa sur Bogey.

« Et je peux t'assurer qu'il ne manque jamais son coup. *Un… deux**…

— Bien sûr, monsieur, pas de problème. »

Et juste au moment où Toscan disait « trois », Bogey dégaina son Colt et tira une balle en direction du garde du corps. Plusieurs filles se mirent à hurler de terreur en entendant l'assourdissante détonation, devant cette soudaine explosion de violence. Luc lâcha son arme, porta ses deux mains à son cou ; le sang giclait entre ses doigts. Il tomba à genoux, puis s'écroula. Bogey avait déjà le canon de son revolver collé contre la tempe de Toscan.

« Il aurait fallu compter plus vite, Maurice, dit-il. Maintenant, mets tes deux mains sur la table et si tu bouges un muscle, je te fais sauter la cervelle avec mon arme de pacotille.

— Mon autre garde du corps va descendre de l'étage d'une minute à l'autre, dit Toscan.

— Oui, je sais, dit Bogey en glissant sa main à l'intérieur du manteau de l'homme pour retirer un pistolet du holster d'épaule. Mais il va avoir besoin de quelques instants pour se rhabiller, parce que tu sais ce que Gérard est en train de faire, n'est-ce pas, Maurice ? Il est en train de sauter ta chérie.

— Tu n'as aucune idée de qui je suis, cow-boy, dit Maurice. Ni des ennuis que tu vas avoir.

— Je sais exactement qui tu es, dit Bogey. Tu es le salopard de gangster qui grave ses initiales sur le corps des femmes. »

Tout le monde entendit Gérard descendre l'escalier en courant et, lorsqu'il atteignit la dernière marche, il se colla contre le mur. Puis, brandissant son arme, il entra dans le salon et, dans la fraction de seconde qui s'écoula avant qu'il ne puisse saisir la situation, Bogey lui tira une balle dans le cœur. Toscan profita de cet instant de distraction pour sortir un couteau de sa manche et Chrysis cria au moment exact où il plongeait sur Bogey, lui enfonçant la lame dans le flanc. Bogey frappa Toscan à la tempe avec la crosse de son Colt et le truand s'écroula sur le sol. Il pointa à nouveau son arme sur lui.

« Tu sais ce que disent les cow-boys, n'est-ce pas, Maurice ? demanda Bogey, son autre main plaquée sur ses côtes tandis qu'une flaque de sang s'étalait sur sa chemise. Un couteau seul ne fait pas le poids face à une arme à feu. » Et il appuya sur la détente, abattant Toscan à bout portant d'une balle entre les deux yeux.

II

Alertée par les coups de feu, la police arriva rapidement, suivie de près par une ambulance qui emmena Bogey à l'hôpital. Chrysis l'accompagna. Grâce à son cri, il s'était tourné juste assez pour que la lame lui perfore seulement le flanc et pas le dos, sans toucher un organe vital. À l'hôpital, le médecin nettoya la plaie, fit les points de suture nécessaires, pansa la blessure et renvoya le patient chez lui.

Une enquête de police fut menée et les assaillants furent identifiés comme des criminels du port de Marseille ; leur chef, Maurice Toscan, était une figure particulièrement connue du milieu marseillais. Jules Pascin, ainsi que d'autres personnes présentes ce soir-là furent appelés à témoigner sur la mort de Toscan et on conclut à un acte de légitime défense. De manière que l'événement n'entache pas la réputation de La Belle Poule ni celle de la capitale et pour éviter que des membres du gang marseillais ne soient pris de l'envie de se venger, la police n'ébruita pas l'affaire, la presse n'en eut pas connaissance, et les corps des trois hommes furent enterrés en secret et de manière anonyme dans une fosse commune à l'extérieur de la ville.

Chrysis fut fortement ébranlée par les événements de cette nuit-là et, pendant longtemps, elle fit des cauchemars. Soudain, ce qu'elle avait toujours perçu, dans sa naïveté, comme le monde insouciant et libertin de la vie parisienne nocturne, où planait l'ombre vague à peine troublante du danger, était devenu une réalité violente et terrifiante. Cet épisode lui rappela certaines scènes sombres du roman *Aphrodite*, les crimes obsessionnels, les châtiments infligés pour avoir exercé une attirance érotique, le mal que les hommes et les femmes étaient capables de faire subir au nom de l'amour. Elle ne cessait d'y penser. Elle interrogea Bogey.

« Comment savais-tu ce que cet homme, Gérard, faisait avec Juliette, là-haut ? lui demanda-t-elle.

— Je ne savais pas. Je l'ai dit pour déstabiliser Toscan, le distraire de sa concentration. C'est une vieille technique de boxe.

— Et qu'aurais-tu fait s'il ne s'était pas jeté sur toi avec le couteau ? Est-ce que tu l'aurais tué quand même ?

— Non, parce que cela aurait été une exécution, répondit Bogey. J'ai supposé qu'il avait une autre arme sur lui. Et j'espérais qu'il prendrait une initiative, juste pour me donner une raison légitime de le tuer.

— Et cela ne te dérange pas, de tuer des gens ?

— Cela ne me dérange pas de tuer des hommes méchants qui essaient de me tuer, moi, ou ceux qui m'entourent. Mais, pendant la guerre, j'ai été obligé d'abattre des hommes qui n'étaient pas méchants ; ils étaient en face, c'était tout. Dans ce cas, oui, ça me dérange.

— Comment se fait-il que tu saches faire des choses pareilles ? lui demanda Chrysis.

— Mon père m'a appris à me défendre dès mon plus jeune âge. Il m'a enseigné la boxe et l'art de dégainer très vite. J'ai commencé à concourir dans des foires locales quand j'avais 11 ans. Et maintenant, j'ai l'expérience de la guerre, où on apprend certaines compétences qu'on aurait préféré ne jamais devoir utiliser.

— La violence fait partie intégrante de ta vie, n'est-ce pas, Bogey ? Les armes, la boxe, la guerre, un emploi de videur, tuer des gens. Et pourtant, tu es un homme si tendre par tant d'autres aspects. T'es-tu jamais demandé si tu étais attiré par la violence, si tu ne la recherchais pas, peut-être ? Si tu l'aimais, même ?

— Si, je me suis posé la question, Chrysis. La guerre a changé quelque chose de profond en moi. Elle m'a mis en colère. Je l'ai remarqué lorsque j'ai recommencé à boxer. Je ne voulais pas seulement gagner, comme avant, je voulais punir mes adversaires, leur faire mal. J'en ai ressenti de la honte. Et c'est une des raisons pour lesquelles j'ai arrêté la boxe. Mais pourquoi me poses-tu toutes ces questions ?

— Je ne sais pas bien. Je suppose que c'est pour en apprendre plus sur toi. Pour comprendre le monde dans lequel tu vis.

— Tu sais déjà tout sur moi, ma chérie, dit Bogey. Et nous vivons dans le même monde. Simplement, nous n'y jouons pas le même rôle. C'est un endroit terrifiant, dangereux, et nous ne le comprenons pas toujours. Si je n'avais pas été à la maison close ce soir-là, ces trois hommes seraient encore vivants et ton amie Juliette serait probablement morte à l'heure qu'il est. Oui, je suis heureux d'avoir tué Toscan, parce que c'était un homme mauvais et il méritait de mourir.

— Juliette m'a dit un jour que si Maurice Toscan la retrouvait un jour, ou il la tuerait ou elle se suiciderait. C'est vrai, tu lui as sauvé la vie. Tu vois, je suis contente que tu aies tué ces hommes, moi aussi j'étais satisfaite de les voir mourir. Et cela me fait honte.

— Il y a des pulsions chez nous, les êtres humains, une face sombre qui ne peut être totalement comprise ni résolue, dit Bogey. Ne parlons plus de tout cela. »

Chrysis rit.

« Parfois tu me rappelles mon père, Bogey, il ne veut jamais parler des sujets désagréables. De fait, la seule histoire qu'il m'ait jamais racontée sur la guerre était celle du courrier cow-boy. Vous, les hommes, vous essayez toujours de réprimer ce que vous ressentez, alors que nous, les femmes, nous aimons bien l'exprimer.

— J'écris dans mes carnets, dit Bogey. C'est comme cela que je l'exprime.

— Non, fit Chrysis. C'est comme cela que tu essaies de le réprimer, parce que, après, tu ne laisses jamais personne lire ce que tu as écrit. »

III

Le colonel et Mme Jungbluth se rendaient bien compte qu'une histoire d'amour était en train de naître entre Bogart Lambert et leur fille et, pour l'essentiel, ils l'approuvaient. Chrysis invitait régulièrement Bogey à la maison pour dîner avec ses parents. Ils trouvaient qu'il était un jeune homme poli, respectueux, intelligent, le colonel et lui étaient liés par la complicité tacite née d'avoir connu la guerre. Après le dîner, le colonel aimait se retirer dans son bureau avec Bogey pour fumer et boire un cognac. Chrysis s'interrogeait toujours sur leurs sujets de conversation et, lorsqu'elle posait la question à Bogey, il répondait :

« Le temps, la politique, l'art, les livres, la campagne, la pêche, la chasse, ce genre de chose. Ton père aime bien que je lui raconte le Colorado.

— Vous arrive-t-il de parler de la guerre ?

— Jamais.

— Pourquoi ?

— Parce que nous savons tous les deux ce que c'était.

— Et il ne te pose jamais de question sur nous ?

— Non. »

Bogey rit.

« Tu es bien curieuse !

— Tu t'en étais déjà rendu compte, dit Chrysis en riant aussi. Il faut que je sache tout ! Autrefois, je rendais mon père fou à force de poser des questions. Mais il m'aime et, un de ces jours, il va te demander quelles sont tes intentions vis-à-vis de sa fille unique.

— Je suppose.

— Et que répondras-tu ?

— La vérité, dit Bogey. Je lui dirai que j'espère passer le reste de ma vie avec sa fille mais que nous n'avons pas encore réglé tous les détails.

— C'est compliqué, n'est-ce pas ?

— Oui. »

Cet été-là, Chrysis accompagna ses parents au bord de la mer en Bretagne et y resta six semaines. Elle et son père sortirent dessiner en plein air presque tous les jours, comme ils l'avaient toujours fait depuis qu'elle était enfant. Maintenant, le colonel voyait bien que sa fille l'avait largement dépassé en termes de technique artistique, même si les paysages n'étaient toujours pas son sujet préféré. « Tu ressembles plus à ta mère, de ce point de vue, fit remarquer le colonel. Tu es plus sociable que moi. Et cela se voit dans ton travail. Tu aimes la compagnie d'autres gens, alors que je préfère ma solitude dans la nature. »

Un jour, tandis qu'ils travaillaient au bord de la mer, le colonel aborda lui-même la question.

« Dans moins de six mois, tu atteindras ta majorité, ma fille, dit-il. Dis-moi, Bogart et toi, avez-vous des projets d'avenir ensemble ?

— Non, papa, répondit-elle. Je voudrais d'abord terminer mes études avec le professeur Humbert. Est-ce que par hasard vous redoutez déjà que je reste vieille fille ?

— C'est tout le contraire, ma chérie. Je crains que ma fille unique s'en aille dans les grands espaces du Colorado et j'ai peur de ne plus jamais la revoir. Bogart est un charmant jeune homme et, comme tu le sais, je suppose, je l'apprécie énormément. Néanmoins, il est difficile pour moi de t'imaginer dans le rôle d'une femme de rancher. Tout comme il m'est difficile d'imaginer notre vie, à ta mère et à moi, en France sans toi.

— Alors, ne l'imaginez pas, papa, dit Chrysis, parce que nous n'avons pas envisagé de tels projets.

— Je crois que Bogart souhaite rentrer chez lui bientôt, dit le colonel. Il me parle souvent de ses parents et du ranch. Cela fait plus de dix ans qu'il est en Europe et je vois qu'il est de plus en plus impatient, il se languit. Tu me dis qu'il a un emploi de barman, ce qui n'est guère satisfaisant pour un jeune homme de son envergure et de sa culture, et je ne l'imagine pas continuer ainsi jusqu'à la fin de ses jours. Tu me dis qu'il écrit, mais tout le monde, à Montparnasse, peint ou écrit, de nos jours, n'est-ce pas ? En même temps, j'ai vu ces deux dernières années combien vous vous êtes rapprochés, tous les deux, comme vous vous êtes épanouis ensemble. Tu as mûri, ton talent s'est enrichi et tu sembles avoir fait sortir Bogart de sa coquille, lui avoir permis de s'ouvrir d'une manière essentielle. J'ai vu d'autres soldats blessés guéris par l'amour et je sais bien que c'est à toi qu'il doit sa guérison. Ce que je vois, c'est une relation rare entre un homme et une femme. Mais c'est aussi inquiétant. Je pense qu'il reste ici en France pour toi. Mais, inévitablement, il va devoir avancer dans sa vie et cela pourrait bien, à la fin, provoquer de terribles souffrances.

— Vous n'avez peur que pour maman et vous, papa ? demanda Chrysis.

— J'ai peur pour nous tous, ma chère fille. »

IV

Chrysis rentra à Paris début septembre, tandis que ses parents prolongeaient leur séjour en Bretagne. Bogey et elle s'étaient écrit presque quotidiennement pendant son absence ; pourtant, tous deux se demandaient si cette longue séparation aurait tempéré leur passion. Elle arriva à la gare Montparnasse dans la soirée et alla à pied jusqu'à l'appartement de ses parents. Elle leur téléphona, puis elle repartit ; elle se rendit chez Bogey, non loin de là. Il ne savait pas qu'elle rentrait ce jour-là et elle avait décidé de l'attendre dans son studio, dont elle avait la clé, de lui faire la surprise lorsqu'il rentrerait du travail. Elle s'endormit sur son lit et ne se réveilla qu'au bruit de la clé qui tournait dans la serrure.

Il traversa la pièce et vint s'asseoir sur le bord du lit. Il sourit.

« J'ai senti ton odeur avant même d'avoir ouvert la porte, dit-il. J'ai su que tu étais rentrée.

— Est-ce que tu m'aimes toujours ?

— Non, je t'ai complètement oubliée, ces six dernières semaines.

— Ce n'est pas drôle.

— Ce n'est pas vrai, non plus, dit Bogey avec un

gentil sourire. Bien sûr que je t'aime encore et plus que jamais. Tout le temps où tu as été absente, j'ai eu l'impression qu'une partie essentielle de moi manquait, une partie que tu m'avais rendue, mais que tu avais emportée avec toi en partant.

— C'est exactement ce que j'ai ressenti, dit-elle. Je suis sortie peindre avec père presque tous les jours, mais sans toi, mes toiles manquaient de vie.

— Peut-être était-ce parce que tu étais loin des bordels et des clubs.

— C'est vrai aussi, bien sûr ! et ils éclatèrent de rire. J'ai quand même réussi à trouver deux filles qui étaient en train de… comment dirais-je… “s'occuper” des marins au port et, en cachette de père, j'ai fait un tableau plutôt réussi où on les voit en train de jouer aux cartes dans une pièce donnant sur la mer.

— Voilà qui ne m'étonne pas de toi, dit Bogey.

— Je l'ai appelé *Tireuse de cartes*, et je trouve qu'il est assez vivant. »

Chrysis se mit sur son séant, étreignit Bogey et ils se serrèrent fort l'un contre l'autre, tous les deux retrouvant plénitude et harmonie. Puis ils se déshabillèrent aussi vite que possible et firent l'amour avec toute la tendre passion des retrouvailles, une sorte de frénésie qui exigeait une satisfaction immédiate ; lorsque Bogey la pénétra, ils ne firent plus qu'un à nouveau. Ensuite, ils restèrent allongés sur le lit et parlèrent jusqu'à l'aube, avant de s'endormir dans les bras l'un de l'autre, leurs corps entremêlés dans une union si parfaite que, lorsque Chrysis se réveilla brièvement au milieu de la nuit, elle se dit que la forme de leurs deux corps enlacés était le chef-d'œuvre d'un grand sculpteur.

V

Ils vécurent les mois suivants dans le cocon protecteur de leur amour, un espace à l'atmosphère et au climat particuliers, assez distinct de celui dans lequel évoluait le reste du monde parisien ; ils étaient plus heureux qu'ils ne l'avaient jamais été, l'un comme l'autre, ou tout au moins, le croyaient-ils. Et pourtant, ils sentaient tous deux sans le dire qu'ils avaient créé cette bulle comme une espèce de bouclier, comme s'ils voulaient protéger cette chose si rare qu'elle ne pourrait survivre dans le monde réel, de la même manière qu'une serre permet à une orchidée tropicale de s'épanouir dans les pays du Nord.

Une fois de plus, Chrysis reprit ses cours avec le professeur Humbert et, en janvier 1928, elle eut 21 ans. Bien que ce ne fût qu'un nombre arbitraire et qu'elle se fût sentie adulte bien avant cette date, cet anniversaire lui donna malgré tout un peu plus d'indépendance dans ses relations avec ses parents. Certes, elle vivait toujours dans leur appartement, mais elle se sentait plus libre d'aller et venir comme bon lui semblait, aux heures qu'elle voulait, sans donner d'explication sur les lieux où elle était allée ni ceux où elle avait l'intention de se rendre. Souvent, lorsqu'il était très tard et qu'elle craignait de les réveiller, elle dormait tout simplement sur la banquette-lit de son atelier. Elle n'avait plus l'impression qu'elle devait avoir l'approbation de son père pour s'habiller comme elle en avait envie. Au contraire, elle continua à explorer son propre style vestimentaire éclectique et à fréquenter les boutiques les plus excentriques, repoussant sans cesse les limites de la mode, comme elle repoussait toutes les limites.

Un soir de printemps, en attendant que Bogey vienne la chercher pour l'emmener dîner puis danser, elle entra dans le salon vêtue d'une longue robe droite en soie orange rebrodée de motifs égyptiens, fendue d'un côté jusqu'à la taille. Ses pieds étaient chaussés de hauts escarpins à brides et, autour du cou, elle portait tout un assortiment de colliers africains en perles, du ras-du-cou jusqu'au long sautoir. Ses cheveux étaient tressés en une belle natte épaisse.

« Un autre bal costumé, ce soir, ma chérie ? dit le colonel. Laisse-moi deviner… Cléopâtre ? Une princesse africaine ? Une esclave nubienne apprêtée pour être sacrifiée aux dieux païens ?

— Colonel… gronda la mère de Chrysis, Marie-Reine.

— Non, papa, ce soir, nous allons seulement danser.

— Est-ce que tu ne risques pas d'attraper froid dans une tenue qui dénude autant ta jambe ? demanda-t-il.

— Le but, mon cher père, répondit Chrysis, outre la provocation, bien sûr, est d'avoir de la liberté de mouvement sur la piste de danse.

— Dans ce cas, on se demande pourquoi même porter des vêtements ?

— Croyez-moi, j'ai déjà vu des femmes en tenue d'Ève sur la piste, c'est arrivé », dit-elle.

Le colonel se contenta de secouer la tête en entendant parler de ce nouveau monde insensé qui semblait avoir complètement détrôné celui dans lequel il avait grandi.

« Je trouve que tu es absolument resplendissante, ma chérie, dit sa mère sur un ton admiratif. Comme je regrette que les femmes de ma génération n'aient pas eu un dixième de la liberté dont jouit la tienne. Cela fait un certain temps que je demande à ton père de m'emmener dans un de ces clubs de jazz du quartier, mais il trouve que ce genre de danse est efféminé et ne sied pas à un militaire.

— Bogey est un militaire, papa, fit remarquer Chrysis, et il est un merveilleux danseur, que personne n'a jamais accusé d'être efféminé. Si vous voulez, je vous apprendrai quelques pas de charleston ou de lindy hop, et mère et vous pourrez vous exercer ici, à la maison. »

Les deux femmes échangèrent un regard complice et elles se mirent à glousser en imaginant le colonel en train d'exécuter les pas des danses à la mode, et rapidement, elles furent prises d'un tel fou rire qu'elles en pleuraient. Accoutumé à être mis en minorité par les femmes de son foyer, le colonel ne manquait pas d'humour, y compris d'une certaine capacité à l'autodérision. Il dut admettre que ses tentatives pour danser le lindy hop seraient un tantinet comiques et, sous son froncement de sourcils désapprobateur, il esquissa un petit sourire entendu.

CHRYSIS & BOGEY
1928-1929

I

Un autre été commença et se termina, et un soir, profitant de la douceur du début du mois de septembre, Chrysis et Bogey prenaient l'apéritif en terrasse à La Closerie des lilas quand la jeune femme demanda soudain :

« Est-ce que tu as déjà participé à une orgie ? »

Bogey rit.

« L'expérience la plus proche que j'en ai date de l'époque où je vivais dans la maison close à New York et où il m'est arrivé de coucher avec deux ou trois filles en même temps.

— Ah, oui, ton apprentissage chez les professionnelles ! s'écria Chrysis en éclatant de rire aussi. Grâce auquel tu as eu ton diplôme d'amant virtuose !

— Et toi ? Es-tu déjà allée à une orgie ?

— Une fois. Casmir m'a emmenée. Quelques mois après que je t'avais vu au Select.

— Et comment était-ce ?

— Intense, presque bouleversant, répondit Chrysis. Au point que je ne suis pas sûre de vouloir jamais recommencer. Il y avait presque trop de stimulations sensorielles, c'était à la limite du supportable. À un moment, j'ai cru que j'allais perdre connaissance.

— Pourquoi m'as-tu posé la question ?

— Parce que j'ai une idée pour un tableau ayant pour thème une orgie. Je veux le présenter au comité de sélection pour l'exposition au Salon des indépendants en janvier. Pascin a proposé de soumettre certaines de mes œuvres au comité. J'ai déjà une image claire du tableau dans ma tête. Néanmoins, il va falloir que j'organise moi-même une orgie. Est-ce que tu m'aideras ? »

Bogey rit à nouveau.

« Tu sais, ma chérie, il faut que je te dise : tu es la toute première femme qui m'ait jamais demandé de l'aider à organiser une orgie. Et en même temps, je ne suis pas tellement surpris…

— Parce que tu me connais par cœur, dit Chrysis. Mais peut-être que la suite va te surprendre. Je veux que nous y participions tous les deux. Tu voudras bien faire ça pour moi ?

— OK, je l'admets, cette fois, tu m'as surpris ! Je ferais n'importe quoi pour toi, chérie, et pour ton art. Mais cela signifie-t-il que je serai obligé de coucher avec des hommes ?

— Tu n'es pas obligé de coucher avec qui que ce soit, si tu n'en as pas envie, dit-elle. Enfin, sauf avec moi, bien sûr.

— Ça, c'est facile. Mais comment peux-tu participer à une orgie et la peindre en même temps ?

— Je m'ajouterai par la suite, expliqua-t-elle. J'ai pensé à tout. Tu vois, j'ai une théorie : je pense que pour produire une représentation vraie de quelque chose, au-delà des compétences techniques exigées, évidemment, il faut aussi avoir une connaissance approfondie du sujet. Encore mieux, il faut en avoir l'expérience. Ne trouves-tu pas que c'est vrai des histoires que tu écris ?

— Oui, je n'écris que des histoires vraies sur des situations que je connais et que j'ai vécues, dit Bogey. C'est la raison pour laquelle je ne me considère pas comme un véritable écrivain. Je n'invente rien. Je dis simplement ce qui s'est passé. Alors, comment puis-je t'aider à organiser ton orgie ?

— Avec la liste des invités. Je veux que ce soit des amis, ou des amis d'amis, des gens que nous connaissons et en qui nous avons confiance, qui seront à l'aise les uns avec les autres, des gens qui s'amuseront ensemble. Je veux effacer la connotation pornographique attachée à l'idée de l'orgie. Je veux qu'elle soit à la fois érotique et joyeuse. Et je voudrais que différentes nationalités soient représentées. Je vais inviter Juliette. Et mes deux meilleures amies à l'atelier, que tu as rencontrées, Marika, la Berlinoise, et la fille de Guadalajara, Rosario, toutes les deux sont des esprits assez libres. Cela me fera une rousse, une blonde et une brune – une Française, une Allemande et une Mexicaine. Je vais inviter Casmir et, bien sûr, toi, mon amour – un poète gitan polonais et un cow-boy/soldat/écrivain/boxeur/flingueur américain. Je voudrais que tu invites Jerome et que tu lui demandes d'amener son petit ami androgyne, Misha, des Ballets russes. J'aurais alors un peintre indien homosexuel et un danseur russe bisexuel. Il nous faut aussi de la nourriture, du vin et du champagne. Et de la musique, je veux qu'on entende de la musique et des rires dans le tableau, et qu'on perçoive l'amour et le désir. C'est pourquoi je me disais que tu pourrais inviter le pianiste, Benny, qui joue à la maison close. Et j'en parlerai à Yanis, le Martiniquais du Bal nègre. Non seulement c'est un excellent musicien, mais il a le sourire le plus généreux, le plus joyeux que j'aie jamais vu.

— Voilà un éventail de personnages tout à fait international, ma chérie, dit Bogey, de toutes couleurs et de tous horizons.

— Exactement ce qu'il me faut, dit Chrysis. Comme le "village" lui-même – et nous, les participants, tous liés au monde de l'art, d'une manière ou d'une autre.

— Même Juliette ?

— Oui, c'est une artiste du sexe. Comme tu vois, j'ai longuement mûri ce projet. Mais nous devons nous dépêcher ; la date limite pour soumettre des œuvres au salon approche à toute allure. Je vais devoir prévoir du temps pour exécuter le tableau et le laisser sécher avant de pouvoir le présenter. »

II

C'est ainsi que tout fut préparé, la liste des invités arrêtée, une date et une heure décidées. Chrysis avait choisi son atelier sur le boulevard Edgar-Quinet pour les bacchanales, à un moment où elle savait que ses parents seraient à la campagne pour un long séjour. Elle pensait que l'orgie durerait bien vingt-quatre heures et elle s'arrangea avec Mme Mireille pour que Juliette, Bogey et le pianiste, Benny, puissent, exceptionnellement, s'absenter la nuit du samedi. Elle prévoyait d'exécuter un certain nombre de croquis pendant toute la durée de l'événement, qui lui serviraient de base ensuite. Dans l'immeuble, d'autres artistes avaient des ateliers où se déroulaient fréquemment des soirées tapageuses jusqu'à une heure avancée et Chrysis se dit que personne ne se plaindrait à ses parents à leur retour, au cas où la situation échappe à son contrôle, ce qui était une hypothèse plus que probable.

Bogey arriva tôt le jour dit, comme elle le lui avait demandé. Ils étaient tous deux étrangement tendus, à l'approche de l'échéance, sur le point d'entrer dans un territoire inexploré de leur relation, qui jusque-là avait été non seulement monogame, mais aussi largement restreinte à eux deux, isolés du reste du monde. Pourtant, le vague danger qu'ils percevaient à la perspective d'entrer ensemble dans ce territoire nouveau contribuait à leur excitation.

« Rien de ce qui se passera ici ce week-end, dit Chrysis, ne doit interférer avec notre amour, qui est sacré.

— D'accord, répondit Bogey.

— En même temps, ajouta-t-elle, rien qui puisse interférer avec notre amour ne doit arriver. Notre première responsabilité est d'être respectueux l'un envers l'autre.

— Tu en sais plus que moi sur le sujet, chérie, dit Bogey. Mais il me semble qu'essayer d'assumer la responsabilité de ce qui se passe lors d'une orgie et de le contrôler va à l'encontre de l'esprit même de l'événement.

— Bien sûr, tu as raison. J'ai juste peur d'aller trop loin et d'abîmer ce qui nous lie. Je ne pourrais le supporter.

— Disons seulement, alors, que nous sommes responsables de ton tableau uniquement et du fait que tu sois libre de faire le travail que tu estimes nécessaire. Je te promets, rien de ce qui se produira ici ce week-end ne changera ce que j'éprouve pour toi. Je n'ai aucune idée de ce qui va se passer, mais je suis prêt à tout et à tout vivre.

— Merci, mon amour. Grâce à toi, je me sens mieux », dit Chrysis.

Dans un état d'esprit identique, une impatience mêlée d'excitation et d'appréhension, les autres invités commencèrent à arriver. Pour créer l'ambiance qui convenait, Chrysis avait tiré les volets de l'atelier, comme à La Belle Poule, où les persiennes étaient perpétuellement fermées, les bouteilles de champagne avaient été ouvertes et placées sur des lits de glace, et des bougies étaient disséminées dans la pièce afin de favoriser une atmosphère sensuelle. Soucieuse de pouvoir saisir la scène sous différents angles, Chrysis avait installé trois chevalets dans la pièce, éclairés par juste ce qu'il fallait de bougies pour qu'elle puisse dessiner et peindre.

Chrysis était contente d'avoir Juliette à ses côtés, parce qu'elle était non seulement une amie intime, mais la plus expérimentée dans ce genre de domaine ; sa spontanéité et sa bonne humeur contribuèrent à détendre tout le monde.

« Mon Dieu, quel beau Peau-Rouge ! dit Juliette en s'adressant à Jerome qui, à la demande de Chrysis, avait apporté la coiffe de cérémonie de sa famille pour l'occasion. Je n'ai jamais fait l'amour à un vrai Indien auparavant. Même si j'ai un client qui aime bien porter un costume d'Indien.

— On a constaté que beaucoup de Français sont fascinés par les Indiens d'Amérique, dit Jerome. Je suis toujours amusé, chaque année, pendant le bal des Quat'z'Arts, de voir le nombre d'étudiants qui se déguisent en Indiens. Cela me rappelle Al Jolson et son visage tartiné de noir.

— C'est parce que nous, Français, avons du respect pour votre race, dit Juliette.

— Il faut que je sois honnête avec vous, mademoiselle, et que je vous dise que vous n'aurez peut-être pas encore l'occasion de faire l'amour avec un vrai Indien, dit Jerome en caressant les fesses de son compagnon, Misha. Parce que le guerrier ici présent préfère les garçons. »

L'Allemande, Marika, était au début la plus timide du groupe, mais Casmir la prit rapidement en charge et la détendit avec sa séduisante sensibilité de poète gitan. Par contraste, Rosario fut immédiatement dans l'esprit de l'événement. Elle était la fille d'une grande famille de propriétaires terriens espagnols, qui possédait de vastes domaines dans les États de Chihuahua et de Sonora, ainsi qu'une imposante demeure à Mexico ; Rosario était une petite femme mince pleine d'entrain, qui portait ses cheveux noirs coupés au carré, comme c'était la mode dans le quartier. Elle aussi peignait, dans des couleurs et des formes audacieuses que Chrysis admirait. Elles étaient devenues amies à l'atelier, parce que c'étaient elles, de toutes les élèves, qui défiaient le plus hardiment l'autorité du professeur.

Yanis, le musicien martiniquais, avait apporté son banjo, Benny s'assit au piano de la mère de Chrysis et ils commencèrent à jouer les derniers airs de jazz à la mode, et à mesure que le champagne et la musique faisaient leurs effets, tous se mirent à danser. Misha, agile comme seul un danseur classique peut l'être, portait une jupe en raphia pour l'occasion, avec des bracelets de cheville et des sandales, dans une sorte de version masculine blanche de Joséphine Baker, et il déclencha l'hilarité générale avec ses grands sauts et ses pirouettes, aux accents du grand succès venu des États-Unis, *Uncanny Banjo.* À eux deux, Benny et Yanis connaissaient un grand répertoire, aussi bien des morceaux lents que d'autres plus rapides, du jazz, du blues, et tous deux étaient des chanteurs talentueux.

De la musique, de la danse et du champagne dans

la douce lumière des bougies, des rires et de la gaieté, et bientôt les invités s'enlaçaient et s'embrassaient affectueusement, comme de vieux amis et de vieux amants, se débarrassant de leurs inhibitions un peu plus avec chaque vêtement. Chrysis évoluait entre ses chevalets, au milieu de la musique et de la danse, se faufilant entre ses pinceaux et ses toiles. Juliette portait une robe noire assez transparente, fendue jusqu'à la taille et ornée de franges, et lorsque Yanis entonna la nouvelle chanson de Cole Porter, *Let's Do it, Let's Fall in Love*, elle demanda à Bogey de danser avec elle. Elle se serra contre lui et, à travers la finesse du tissu, il sentit son corps collé au sien, et les inévitables frissons de la chair.

« Toi et moi avons tellement en commun, chuchota-t-elle.

— Oui, je sais. Chrysis m'en a parlé.

— Je n'ai jamais eu l'occasion de te remercier correctement pour ce que tu as fait lorsque Maurice est venu me chercher, ce soir-là, dit-elle. Je l'aurais volontiers fait, mais comme tu sais, Mme Mireille est plutôt stricte sur les relations entre les filles et le personnel.

— Tu n'as pas besoin de me remercier, dit Bogey.

— Mais je le veux. Tu m'as sauvé la vie. Peut-être plus tard cette nuit, je trouverai le moment et je pourrais t'exprimer ma gratitude. »

Casmir dansait avec Marika et lui chuchotait des vers érotiques à l'oreille. Yanis fit une pause et, après avoir posé son banjo, ôta sa chemise blanche trempée de sueur et révéla son puissant torse noir, sur lequel les lueurs des bougies se reflétaient comme dans un miroir. Lorsqu'il alla interrompre Casmir pour danser avec la blonde, qui n'avait jamais auparavant dansé avec un homme noir, le poète ne protesta pas ; il enlaça Rosario, puis Misha. Le danseur portait du rouge à lèvres très rouge sur sa bouche charnue et il aurait facilement pu passer pour une jeune fille ; lorsque, sans prévenir, il embrassa Casmir, qui était un être à la sensualité sophistiquée, le gitan ne résista pas et lui rendit même son baiser. Jerome en fut jaloux et se mit à danser avec Rosario, la petite Mexicaine toute mince, sans poitrine, au corps assez masculin. Quand il l'embrassa, dans l'espoir de rendre Misha jaloux à son tour, il dut admettre qu'il aimait assez la sensation des lèvres de la jeune femme sur les siennes, le contact de son corps svelte dans ses bras. Misha éclata de rire. Ainsi, les barrières, les tabous et les préjugés, les races, les nationalités et les préférences sexuelles s'estompèrent au fur et à mesure de la soirée – Blanc, Noir, Indien, Mexicain, Polonais, Allemand, Français, Américain, Martiniquais, hétérosexuel, homosexuel, bisexuel, homme, femme – dans ce magnifique melting-pot que Chrysis avait conçu si soigneusement, tous se mêlèrent de manière indistincte dans l'esprit onirique de la nuit. Ils dansèrent et burent et fumèrent, ils chantèrent et rirent et firent l'amour. Ils mangèrent, parlèrent et dormirent. Ils se réveillèrent pour changer de partenaires et faire l'amour à nouveau. C'était libertin, libre et joyeux, exactement comme Chrysis l'avait projeté. Elle se joignait à eux de temps en temps, puis retournait à ses chevalets et ses différents croquis, avant de retourner auprès d'eux. Avec les volets fermés hermétiquement, il était impossible de savoir quelle heure il était, ou combien de temps s'était écoulé, et personne ne s'en préoccupait, ni ne voulait savoir ; pour finir, tout le monde se rendormit dans différentes postures et étreintes. Lorsqu'ils se réveillèrent, l'un après l'autre, ils enfilèrent silencieusement leurs vêtements de ville et, après avoir échangé quelques adieux chuchotés, ils partirent tous, jusqu'au dernier, et ce fut terminé, il ne resta plus que Bogey et Chrysis.

« Nous allons bien, nous deux, n'est-ce pas, mon amour ? demanda-t-elle. Nous avons survécu, nous sommes intacts ?

— Oui, ma chérie, nous l'avons fait, dit-il. Tout va très bien. »

III

Les deux semaines suivantes, Chrysis travailla presque sans arrêt sur le tableau *Orgie*, dormant, mangeant et se lavant à peine. À mesure que ses différents croquis se combinaient pour former la toile finale, c'était comme si elle revivait toute l'expérience et elle peignait avec la même énergie érotique et la même passion que lors de l'orgie, s'endormant pour une heure ou deux sur les matelas par terre dans son atelier, ou sur la banquette, se réveillant pour allumer une cigarette, boire une tasse de café et se remettre au travail. De temps en temps, lorsqu'elle s'en souvenait, elle mangeait un morceau de fromage ou de saucisson, avec du pain sec, et elle buvait un verre de vin. Elle ne vit pas Bogey pendant cette période et il la laissa tranquille, sachant que, lorsqu'elle serait prête, elle lui reviendrait.

Un après-midi, elle frappa à sa porte et, lorsque Bogey lui ouvrit, elle se jeta à son cou. Ses longs cheveux noirs flottaient, détachés autour de son visage, couverts de peinture, et elle sentait l'huile, les pigments, la térébenthine et la cigarette, qui se mêlaient à son odeur corporelle.

« On dirait, à te voir et à te sentir, que tu as été dans une longue, très longue orgie… de peinture, la taquina Bogey.

— C'est exactement ça, dit-elle. Je suis désolée, il fallait que je vienne tout de suite. Je suis dans un état épouvantable, je sais, et je pue, mais il fallait que je te voie… J'ai fini le tableau… »

Ils se serrèrent très fort l'un contre l'autre et ils eurent tous deux le sentiment d'avoir retrouvé leur place dans les bras l'un de l'autre, le havre réconfortant de leur intimité.

« J'aime l'état dans lequel tu es et ton odeur, dit Bogey. Tu m'as manqué. Félicitations, chérie. » Il l'emmena jusqu'à son lit et dès qu'il la pénétra, elle jouit avec violence, comme si toutes les ardeurs qu'elle avait revécues ces dernières semaines, ainsi que celles des personnages du tableau, avaient soudain explosé en elle.

Chrysis dormit pendant quatorze heures d'affilée et, lorsqu'elle se réveilla, elle demanda à Bogey s'il voulait bien se promener avec elle dans le jardin du Luxembourg. Elle avait à peine mis le nez dehors ces deux dernières semaines et elle avait besoin d'air frais et d'exercice. C'était une magnifique journée d'octobre, claire et piquante. Elle portait sa blouse barbouillée de peinture, ses mains, ses cheveux et son visage étaient encore couverts de taches qui luisaient dans le soleil du matin et la faisaient ressembler à une sorte de plate-bande négligée, un peu sauvage, une palette turbulente de couleurs qui venaient compléter les teintes changeantes des feuilles sur les arbres et des fleurs de l'automne dans leur ultime floraison.

« Tu vas me montrer le tableau ? demanda Bogey.

— Non, je veux que tout le monde le voie pour la première fois dans une vraie exposition, répondit-elle. Toi, les autres modèles, mes parents, le professeur Humbert… tout le monde. Je n'ai aucune idée de la manière dont les gens vont réagir, même si j'imagine bien l'opinion de mon père… Mais tu vois, de cette manière, je serai un peu protégée, entourée par des amis, des collègues, le public et les autres artistes présents. »

Bogey pouvait difficilement protester, puisqu'il n'avait jamais laissé Chrysis, ni personne d'autre, lire la moindre de ses histoires.

« Je comprends, dit-il. Et s'il n'est pas accepté par le salon ?

— Il le sera. »

Deux semaines plus tard, après que le tableau eut séché suffisamment pour être transporté, Chrysis emporta *Orgie* jusqu'à l'atelier de Pascin sur le boulevard de Clichy, avec deux autres œuvres qu'elle souhaitait soumettre au Salon des indépendants. Bien qu'il soit en train de travailler, le peintre l'accueillit de façon charmante, tout en chassant ses deux modèles nus sous les fameuses combinaisons grises dans lesquelles il aimait les voir poser. Pascin s'était montré particulièrement gentil à l'égard de Chrysis et de Bogey depuis l'incident avec Maurice Toscan, qu'il aimait rappeler en l'intitulant « Règlement de comptes à La Belle Poule : le cow-boy contre les gangsters ».

Chrysis commença par déballer ses deux plus petites toiles, que Pascin plaça sur des chaises, puis *Orgie*, qu'il installa sur un chevalet. Il fit plusieurs pas en arrière pour pouvoir apprécier les trois œuvres ensemble. Chrysis sentait les forts battements de son cœur dans sa poitrine, pendant que Pascin examinait les tableaux, pendant un temps qui lui parut être une éternité. Pour finir, il hocha la tête. « Bien, maintenant je vois que tu as vraiment du talent et qu'effectivement tu poses pour toi-même, dit-il. Nous avons des styles très différents, toi et moi, mais visiblement, les mêmes centres d'intérêt. Cependant, ton travail est plus risqué que le mien. Tu peins avec audace, avec exubérance et franchise, qui ne sont pas des valeurs qu'on enseigne dans les ateliers. Je vais prendre rendez-vous cette semaine avec le directeur du salon et, ensemble, nous emporterons ces tableaux pour les lui montrer. »

IV

Sur les arbres de Paris, les feuilles virèrent au brun et tombèrent en tourbillonnant ; la douceur de l'automne fit place au froid humide de l'hiver. La période des fêtes fila à toute allure et le vendredi 18 janvier, cinq jours avant le 22e anniversaire de Chrysis, le Salon des indépendants 1929 ouvrit ses portes ; deux de ses tableaux étaient exposés au Grand Palais. L'un était *Orgie* et l'autre, moins controversé, s'intitulait *Ombres et Lumières*. Ce dernier était un paysage, à la fois sombre et clair, comme le suggérait le titre, reflet d'un pressentiment qui n'avait pas quitté Chrysis depuis les derniers mois de l'année précédente.

Ce salon marquait la première exposition publique de Chrysis et, bien entendu, ses parents venaient au vernissage, ainsi que plusieurs de ses amis de l'atelier et d'autres du quartier. Elle avait aussi invité Pascin, Soutine et Kisling, Mme Mireille et son mari le père Jean, et tous ceux qui avaient posé pour *Orgie*. Sans oublier le professeur Humbert.

Celui-ci allait bientôt fêter son 87e anniversaire et, au début du semestre, il avait annoncé que ce serait sa dernière année d'enseignement à l'atelier, qu'il dirigeait depuis maintenant vingt-neuf ans. Malgré tous les différends qu'ils avaient pu avoir, Chrysis se sentait privilégiée d'avoir étudié sous la direction du professeur Humbert à la fin de sa remarquable carrière, elle était heureuse que ses travaux soient acceptés par un salon et que la possibilité lui soit donnée, avant qu'il prenne sa retraite, de lui rendre hommage. Tout au moins, elle espérait qu'il en serait honoré – comme tous les artistes, elle était forcément inquiète de la manière dont les gens accueilleraient ses tableaux, en particulier les deux grandes figures de l'autorité dans sa vie, son professeur et son père.

En dehors de Pascin, personne n'avait encore vu *Orgie*, mais comme Chrysis l'avait prévu, elle trouva un certain réconfort à être entourée des autres artistes du salon. À la demande des organisateurs, ils étaient tous arrivés tôt au Grand Palais, ce qui leur avait donné le temps de se promener et d'admirer les œuvres de leurs collègues. Il y avait plus de cinq cents toiles exposées cette année-là et il serait impossible de les voir toutes dès le premier soir.

Pour l'occasion, la mère de Chrysis avait emmené sa fille dans les boutiques et la jeune femme était vêtue d'une magnifique robe à manches chauve-souris en imprimé fleuri, avec un empiècement et des manchettes rebrodées de parements dorés au crochet, agrémentée d'une étole en lamé assortie, peinte au pochoir et bordée de velours. Aux pieds, elle portait des escarpins en soie avec des rubans autour des chevilles ; son cou était orné d'un court ruban en velours sur lequel était passé un grand pendentif d'inspiration orientale et ses bras étaient couverts de dizaines de bracelets qui tintaient à chacun de ses mouvements. Ses longs cils étaient rehaussés de mascara et ses lèvres charnues étaient peintes dans un rouge carmin. Le résultat de l'ensemble était extrêmement différent des vêtements de travail que portait Chrysis au quotidien, ou des tenues bohèmes qu'elle arborait dans le quartier. Ce soir, elle était une jeune femme élégante et gracieuse au sommet de sa beauté.

Bogey arriva avec Jerome et Misha, et Juliette accompagnait Mme Mireille et le père Jean. Casmir fréquentait Marika depuis quelques mois et ils arrivèrent ensemble au Grand Palais, comme les musiciens, Benny et Yanis. Rosario était seule. Chrysis leur avait demandé de la retrouver dans le hall. C'était la première fois que tous les participants à l'orgie se retrouvaient depuis l'événement, qui avait eu lieu près de quatre mois auparavant, et une fois réunis, ils se montrèrent d'abord étonnamment intimidés et silencieux. Chrysis emmena le groupe tout entier dans le salon et le conduisit devant *Orgie*.

Au départ, ils restèrent muets devant la toile ; alors qu'ils avaient tous revêtu leurs plus beaux atours pour l'occasion, ils partageaient le sentiment d'être nus, ou au moins à moitié nus, en contemplant la représentation que l'artiste avait faite d'eux et en se rendant compte que tous les gens qui viendraient voir l'exposition ce soir, dans les semaines à venir, pendant toute la durée de vie du tableau, les verraient ainsi. De fait, ils furent tous saisis de cette même impression étrange et d'un même mouvement, ils eurent besoin de vérifier qu'ils étaient toujours habillés. C'est alors que, tout à coup, tous ensemble, ils éclatèrent de rire et leurs conversations s'animèrent ; ils échangeaient taquineries et plaisanteries, se rappelant autant la gaieté que l'érotisme de la scène dépeinte et retrouvant l'authentique intimité d'alors.

« Juliette ! dit Jerome. Regarde, tu es la star du tableau !

— Comme j'étais la star de l'orgie ! répondit-elle. Mais, chef, tu as l'air si sérieux !

— Ne vois-tu pas, j'étais jaloux que mon Misha te dévore des yeux avec une telle convoitise, rétorqua Jerome.

— Vous savez, dit Casmir en contemplant le tableau d'un air pensif, un jour, dans de nombreuses années, lorsque rien ne restera de nous que cendres et poussière, les gens d'une génération future regarderont peut-être ce tableau et se poseront des questions sur nous, ils se demanderont qui sont ces gens cinglés qui s'amusent autant. »

Bogey avait revêtu une tenue de cow-boy noire, une cravate lacet, des bottes habillées noires, et il portait sa grosse boucle de rodéo en argent à la ceinture. C'était sa mère qui lui avait envoyé ces vêtements, pensant qu'il en avait besoin dans une ville sophistiquée comme Paris, dont elle ne connaissait que ce qu'elle avait vu dans les encyclopédies et les magazines disponibles à la bibliothèque du comté, et qu'elle ne verrait jamais de ses propres yeux. Chrysis s'approcha de lui, le prit par le bras et l'emmena un peu à l'écart du groupe.

« Comme tu es beau ce soir, mon amour, dit-elle.

— Et toi… tu es magnifique, ma chérie.

— Je veux que tu me dises ce que tu vois de nous dans le tableau. »

Bogey regarda *Orgie* pendant un moment avant de répondre.

« Je vois que nous sommes un peu distincts des autres, dit-il, tout au bord de la toile, comme si nous allions tomber du tableau. Je vois, à la façon dont nous nous regardons, à quel point nous nous aimons, combien nous nous désirons. Et, malgré la présence des autres, nous sommes dans notre monde à nous, celui où nous avons toujours été, tous les deux.

— Oui, c'est tout à fait juste, dit-elle. C'est exactement ce que j'essayais d'exprimer. En plus de tout le reste, je voulais que ce soit une sorte d'hommage à notre amour, ce qui pourrait paraître étrange en parlant d'un tableau représentant une orgie. Mais tu le vois, n'est-ce pas ? Tu vois tout ça. J'en suis si heureuse.

— Mais il reste un point sur lequel je m'interroge, fit Bogey.

— De quoi s'agit-il, mon amour ?

— À l'exception de tes lèvres rouges, de tes joues embrasées par le feu de la passion, tu t'es peinte sans couleur. Pourquoi ?

— Je ne sais pas exactement. Peut-être parce que cette couleur rouge, ce feu de la passion, comme tu dis, est ce qui me définit le mieux et mon corps n'a pas besoin d'être coloré. Ou peut-être est-ce simplement pour que moi, l'artiste, je reste inachevée, une œuvre encore perfectible. »

À ce moment-là, Chrysis se retourna et vit son père, sa mère et le professeur Humbert qui s'avançaient vers eux. À mesure qu'ils approchaient, ses amis, sentant confusément l'angoisse de Chrysis, commencèrent à s'éloigner un par un, pour aller voir les autres œuvres exposées, comme si la présence du colonel et du professeur constituait une force qui les repoussait. Seul Bogey resta.

« Je crois que ce serait peut-être mieux que tu ailles te promener un peu, toi aussi, lui dit Chrysis. Je dois faire ça seule. »

Bogey hocha la tête. Il salua les Jungbluth et Chrysis le présenta au professeur Humbert ; puis Bogey se retira.

Les trois invités examinèrent le tableau.

Sa mère parla la première.

« C'est assez… comment dirais-je ?… Assez *plein d'énergie**, ma chérie. Oui, d'énergie, c'est le mot.

— Merci, mère.

— Au milieu de tous les tableaux accrochés ici aujourd'hui, dit le professeur Humbert, le vôtre est le premier que j'aie remarqué en arrivant au salon – peut-être en partie parce que vous êtes mon élève, que je connais votre travail et que je le cherchais. Mais aussi parce qu'il attire le regard. Il est puissant et lumineux. Il est plein de vie, de couleur et de franchise. Et les formes sont tout à fait correctes. Je vous félicite, jeune dame, je suis fier de vous. »

Depuis quatre ans que Chrysis étudiait sous la tutelle du professeur Humbert, il ne lui avait jamais fait de remarques aussi élogieuses et elle rougit intensément, tout en refoulant les larmes qu'elle avait si bien retenues chaque fois que le professeur l'avait éreintée au cours de ses réprimandes en classe.

Enfin, le colonel prit la parole. « En tant que père qui a confiance en sa fille, dit-il d'une voix froide et tendue, je vais supposer que ce n'est pas ainsi que ma fille passe son temps pendant les absences de ses parents. Par conséquent, je te félicite, moi aussi, pour ton imagination exceptionnellement fertile. » Le colonel Jungbluth se tourna vers son épouse. « Ma chère, allons voir les autres œuvres exposées ici. » Marie-Reine prit le bras de son mari, lança à sa fille le regard résigné qu'elles échangeaient si souvent et les Jungbluth s'en allèrent.

« Eh bien, voyons le bon côté des choses, dit Chrysis au professeur, alors qu'ils s'éloignaient. J'imagine que la réaction de mon père aurait pu être pire.

— Mademoiselle Jungbluth, dit le professeur Humbert, il n'est pas dans les compétences ni du critique ni de l'amateur d'art de juger un tableau en se fondant sur la vie personnelle de l'artiste, ou vice versa, de juger la vie personnelle de l'artiste en se basant sur ses œuvres. Cependant, je crains que les parents *aient* le privilège de pouvoir le faire. En tant qu'œuvre d'art, votre tableau n'a rien à se reprocher. Du point de vue familial… eh bien, du point de vue familial, la question est tout autre, n'est-ce pas ?

— Je vous remercie, professeur, dit Chrysis en lui adressant un sourire de gratitude. Vous m'avez témoigné beaucoup de gentillesse ce soir. Indépendamment de tous les différends que nous avons pu avoir ces dernières années, je suis extrêmement honorée d'avoir eu la chance d'être votre élève. Je vous remercie. Je n'oublierai jamais ce que je vous dois et j'espère que vous me pardonnerez l'insolence que j'ai pu parfois manifester.

— Ma chère Chrysis, dit le professeur, s'adressant à elle par ce nom pour la première fois depuis quatre ans, depuis qu'ils se connaissaient. Je peux vous assurer qu'au cours de ma longue carrière vous n'êtes pas la seule élève au caractère fort que j'aie rencontrée. De fait, les meilleurs artistes que j'ai formés au fil des ans ont souvent été les plus difficiles.

— Je prends cette remarque comme un très beau compliment, professeur. »

Le bon [illegible]

Mademoiselle [illegible]

[illegible]

Ma [illegible] depuis [illegible] depuis [illegible]

Je prends [illegible]
compliment [illegible]

V

Chrysis fut très occupée pendant toute la soirée avec les visiteurs venus admirer l'exposition. Pascin vint avec sa maîtresse Lucy Krogh pour la saluer et la féliciter, de même que Soutine accompagné de Paulette Jourdain. Cette soirée marquerait pour Chrysis des commencements et des fins – sa première exposition dans un salon et la première vente de sa carrière, puisque, ce soir-là, elle vendit *Orgie* à un collectionneur pour la somme de sept mille francs. Bien sûr, avant que le nouveau propriétaire l'emporte chez lui, le tableau serait visible jusqu'à la fin de l'exposition, le 28 février. Chrysis était heureuse et fière d'avoir vendu cette toile, elle y vit une forme de reconnaissance. Mais une fois qu'elle fut étiquetée comme étant vendue, la jeune femme ressentit aussi une étrange tristesse, une espèce de vide, quand elle pensait que, après tout ce qu'elle avait investi dans l'organisation et dans l'exécution, cette toile très personnelle serait accrochée dans la maison d'inconnus et qu'elle ne la reverrait jamais.

Une autre fin s'annonçait, même si Chrysis ne le savait pas et qu'elle ne l'apprendrait jamais. Au cours de la soirée, le colonel Jungbluth approcha Bogey dans une autre partie de l'exposition et demanda à avoir un entretien privé avec lui. Bogey suivit le colonel jusque dans le hall, où ils prirent leurs pardessus et leurs chapeaux, avant de sortir. Il faisait froid mais clair. Ils allumèrent une cigarette.

« Bogart, je me rends compte que vous avez été fort affecté par ce que vous avez vécu pendant la guerre, commença le colonel. J'ai vu des hommes plus forts que vous brisés par ces années terribles – des soldats remarquables qui plongèrent dans l'alcoolisme, la drogue et la folie.

— Oui, monsieur, répondit Bogey, tout en se demandant où le colonel voulait en venir.

— Depuis que ma fille vous a rencontré, depuis qu'elle vous amène à la maison, poursuivit-il, je vous considère comme un jeune homme très bien. Cependant, j'ai été troublé par le fait qu'après toutes ces années en Europe vous ne fassiez toujours aucun effort pour retourner dans votre pays, auprès de votre famille. »

Le colonel tira longuement sur sa cigarette.

« Je connais ma fille, dit-il en soufflant la fumée. Je crois que je la connais mieux que quiconque, mieux que vous, même mieux que sa mère. J'ai accepté, il y a longtemps déjà, le fait qu'elle ait un côté aventurier, rebelle. En même temps, je sais que c'est une fille respectable, sensible et bien élevée. En voyant ce tableau ce soir, je me rends compte que seules les influences très insidieuses d'un homme plus âgé, d'un homme gravement dérangé, pourraient la conduire à plonger dans ce monde de perversité. Oui, oui, bien entendu, poursuivit le colonel en agitant la main qui tenait la cigarette, elle a modifié certains traits des personnages qu'elle a peints, mais croyez-moi, je n'ai eu aucune difficulté à vous identifier, tous les deux. Et je comprends quel imbécile j'ai été, à quel point j'ai été aveugle. Ce soir, lorsque je vous ai vu au milieu de vos amis dégénérés, mon erreur de jugement vous concernant m'est apparue encore plus clairement. Je ne vous laisserai pas corrompre ma fille, mon seul enfant, je ne vous permettrai pas de l'entraîner dans la fange de votre propre perversion. Me fais-je bien comprendre, Bogart ?

— Tout à fait, répondit Bogey. Qu'exigez-vous de moi, colonel Jungbluth ?

— Je veux que vous quittiez Paris. Je veux que vous retourniez en Amérique – et sans ma fille.

— Avec tout le respect que je vous dois, colonel, votre fille va bientôt avoir 22 ans, elle est adulte et donc libre de prendre ses propres décisions concernant son avenir.

— Et que pensez-vous que soit cet avenir ? Vous imaginez-vous qu'elle va vous suivre aux États-Unis ? Qu'elle va s'installer dans un ranch perdu au fond du Colorado ? Et qu'y ferait-elle ? Elle renoncerait à sa carrière, élèverait une nichée de petits cow-boys ? Ou peut-être prévoyez-vous de rester ici à Paris, de demeurer toute votre vie barman dans une maison close ? Oui, je connais beaucoup de monde dans le quartier, jeune homme, on m'a informé du véritable endroit où vous travaillez.

— Et si je refuse d'obéir à votre demande, colonel ?

— Ah, vous voyez, apparemment, je ne me suis pas bien fait comprendre, dit le colonel. Il ne s'agit pas d'une demande, légionnaire Lambert. Je vous donne un ordre. Et si vous choisissez d'y désobéir, je me verrai obligé d'informer la Légion étrangère que le courrier cow-boy n'est finalement pas mort pendant la guerre. Qu'il s'est enfui en Écosse, où il a vécu anonymement pendant plusieurs années, avant de revenir en France avec un faux passeport. Vous voyez, ce genre d'informations donneraient inévitablement lieu à une enquête approfondie de la part des autorités militaires, sans parler de l'intérêt que vous porterait la presse, à vous, Bogart. À tout le moins, cet anonymat auquel vous êtes si attaché serait compromis à jamais. Vous deviendriez une célébrité nationale, une espèce de bête de cirque, et je crois savoir comment vous prendriez la chose, si elle arrivait.

— Vraiment, vous me feriez une telle chose, colonel ? » demanda Bogey.

Le colonel Jungbluth lança un regard dur à Bogey. « Si vous m'y forcez, oui.

— Et si je rapportais cette conversation à Chrysis ? Si je lui disais que vous essayez de me contraindre à la quitter ? Que se passerait-il, colonel ?

— Vous seriez responsable de la destruction d'une relation d'amour entre un père et sa fille, dit le colonel. J'ose espérer qu'il reste assez d'honneur à un soldat autrefois distingué pour ne pas faire une chose pareille. »

Les deux hommes se fixèrent, durement, pendant un long moment. Finalement, Bogey hocha la tête.

« Il va me falloir un peu de temps pour organiser mon départ, dit-il.

— Bien sûr, répondit le colonel. Prenez le temps qu'il vous faut. Soyez parti au printemps. »

VI

Chrysis avait tant d'énergie à dépenser après l'excitation de la soirée qu'à la fermeture de l'exposition elle demanda à Bogey s'il voulait bien rentrer à pied plutôt que de prendre le métro.

« J'ai vendu mes deux tableaux », dit-elle en sortant du Grand Palais. Leur respiration était visible dans l'air glacial de ce mois de janvier.

« Oui, j'ai vu, répondit Bogey. Félicitations, ma chérie. Tu es une professionnelle, maintenant.

— C'est vrai ! Je n'y avais pas encore pensé en ces termes, je suis une peintre professionnelle, plus seulement une petite étudiante aux Beaux-Arts. »

Ils traversèrent le pont Alexandre-III pour rejoindre le quai d'Orsay, puis le boulevard Saint-Germain, marchant vite dans le froid, leurs grands pas parfaitement synchronisés, comme toujours, sans qu'ils aient à y penser.

« Tout à l'heure, je t'ai vu sortir du salon avec père, dit Chrysis.

— Oui, on est allés prendre l'air et fumer une cigarette.

— Est-ce qu'il t'a dit quelque chose sur le tableau ?

— Non, nous n'en avons pas vraiment parlé.

— Je ne vais pas pouvoir y échapper, ce soir, quand je vais rentrer.

— Est-ce que je peux te demander quelque chose, Chrysis ? demanda Bogey.

— Bien sûr, chéri. Mais pourquoi prends-tu un ton si grave, tout à coup ?

— Si je te demandais de m'épouser et de venir avec moi aux États-Unis, le ferais-tu ?

— Serais-tu en train de me demander en mariage ?

— Non, pas exactement. Je formule simplement une hypothèse.

— Veux-tu dire, est-ce que je serais prête, aujourd'hui, à t'épouser et à partir aux États-Unis ? Tout de suite ? Mais j'ai encore un semestre à l'atelier avec le professeur Humbert.

— D'accord, alors, disons à la fin du semestre, fit Bogey. Est-ce que tu partirais au début de l'été, ou l'an prochain ?

— Est-ce que père t'aurait parlé de ça ce soir ? Est-ce la raison pour laquelle tu me poses ces questions maintenant ?

— Non.

— Je t'aime, Bogey, dit-elle. Tu le sais. Mais ma carrière démarre tout juste. Soutine m'a dit ce soir que je pourrais probablement exposer au Salon d'automne cette année. Et que ferais-je dans le Colorado ? Comment pourrais-je progresser, comme artiste, là-bas, au milieu de nulle part ? Il faudrait que je renonce à tout, n'est-ce pas ? À ma famille, ma carrière, la France. En plus, je parle à peine quelques mots d'anglais.

— Je comprends, ma chérie, bien sûr, dit Bogey.

Je sais tout cela depuis le début, nous le savons tous les deux. Je voulais juste te l'entendre dire.

— Mais tu n'es pas en train d'envisager de partir, si ? Pas maintenant ?

— J'ai reçu une lettre de ma mère. Mon père ne va pas bien. »

Les yeux de Bogey se remplirent de larmes ; il n'avait jamais auparavant menti à Chrysis et c'était presque physiquement douloureux.

« Ils ont besoin de moi, au ranch. Tu sais, cela fait douze ans que je suis parti. Nous avons toujours su, tous les deux, qu'un jour ou l'autre il faudrait que je rentre.

— Oh, mon Dieu, mais pourquoi me parles-tu de cela maintenant ? demanda Chrysis.

— Parce que je viens juste de recevoir la lettre. Je suis désolé, Chrysis. Je ne voulais pas gâcher cette soirée triomphale.

— Tu ne l'as pas gâchée. Il n'y aurait jamais eu de moment opportun pour m'annoncer ce genre de nouvelle.

— Je n'ai pas besoin de partir immédiatement, dit Bogey. Je resterai jusqu'au printemps. Alors, ne nous en inquiétons pas aujourd'hui. N'en parlons plus. Je regrette même d'avoir abordé le sujet ce soir. Nous devrions être en train de fêter ton succès. Nous sommes en grande tenue et il est encore tôt. Allons danser et boire du champagne. »

VII

Bogey acheta un billet de troisième classe pour sa traversée en avril sur le SS *Leviathan*, du port de Cherbourg à New York. Il lui faudrait encore voyager sous le faux passeport britannique qu'Archie Munro lui avait obtenu et il ne savait pas du tout s'il serait autorisé à débarquer sur le sol américain ; il décida qu'il verrait bien, le moment venu.

Dans les quelques mois qui leur restaient à passer ensemble, Bogey et Chrysis furent plus profondément liés que jamais. Bravant les objections de ses parents, Chrysis quitta leur appartement et s'installa dans celui de Bogey, et ils vécurent comme un couple. Ils ne parlaient pas de son départ prochain, préférant prétendre, avec la foi aveugle de l'amour, que rien n'avait changé entre eux et que rien ne changerait jamais. Et ils maintinrent l'illusion que la séparation serait seulement temporaire, que Bogey reviendrait bientôt en France et que, lorsque le temps serait venu, à un moment indéterminé de l'avenir, ils se marieraient et Chrysis irait s'installer aux États-Unis.

Le printemps succéda à l'hiver, sur les arbres, les bourgeons éclatèrent et les premières feuilles d'un vert flamboyant firent leur apparition, comme la promesse d'un renouveau. Les fleurs se mirent à éclore dans les parcs et les jardins de la ville, et les terrasses des cafés ouvrirent à nouveau pour se remplir de clients au teint pâle, clignant des yeux dans les premiers soleils. Les cyclistes envahissaient les rues et les jeunes amoureux marchaient enlacés. Bogey avait quitté son emploi à La Belle Poule et Chrysis et lui fréquentaient les musées et les expositions dans les galeries, vivant comme des touristes en vacances qui ne voulaient pas risquer de manquer quoi que ce soit ; qui pouvait prédire à quel moment ils arpenteraient de nouveau les rues de Paris ensemble.

Deux jours avant le départ du transatlantique, ils prirent le train pour Cherbourg et s'installèrent dans une petite pension, dans le quartier des pêcheurs aux abords de la ville. Ils prenaient leurs repas dans un restaurant voisin qui donnait sur l'océan, et se régalaient de poissons frais fournis par les pêcheurs de la région. Ce n'est que lors de leur dernier dîner qu'ils abordèrent ouvertement le sujet de son départ.

« Quelle impression ça fait de rentrer à la maison, mon amour ? demanda Chrysis, une fois que la table fut débarrassée et qu'on leur eut servi le café.

— C'est étrange, répondit Bogey. Ces derniers jours, j'avais l'impression que j'oubliais quelque chose, comme dans ces mauvais rêves où on sait qu'on a oublié quelque chose et on le cherche partout, mais on n'arrive pas à savoir ce que c'est. Tu vois ce que je veux dire ?

— Oui.

— Et quand je me suis réveillé ce matin, je me suis souvenu, tout à coup. Je suis arrivé ici il y a bien des années avec mon cheval et, maintenant, je rentre sans lui. Voilà ce que j'ai oublié. J'ai laissé Crazy Horse ici, en France. »

Chrysis ouvrit son sac à main et en sortit une feuille de papier à dessin roulée et entourée d'un ruban de soie. « Je t'ai apporté un petit cadeau de départ », dit-elle en le faisant glisser sur la table jusqu'à Bogey.

Bogey défit le ruban et déroula le papier.

« J'ai fait ce dessin quand j'avais 12 ans, dit Chrysis, et que mon père m'a raconté l'histoire du courrier cow-boy et de son cheval Crazy Horse. Je l'ai gardé précieusement. Je trouve que mon travail est aujourd'hui bien meilleur sur le plan technique, tu n'es pas d'accord ? »

Bogey avait pris le dessin et l'examinait. En haut, Chrysis avait écrit de sa main d'enfant « Le courrier cow-boy et son cheval Crazy Horse ». Il sourit. « Non, dit-il enfin en secouant la tête. Non, je ne trouve pas. Ce dessin fait partie de tes plus belles œuvres. J'en prendrai grand soin ; comme je pense qu'un jour tu seras une peintre célèbre il vaudra beaucoup d'argent. »

Ils éclatèrent de rire.

« Merci, ma chérie, dit Bogey. Sérieusement, ce cadeau me touche profondément et je le chérirai toujours. » Il plongea la main dans la poche intérieure de sa veste et sortit des feuilles de carnet roulées et maintenues par une lanière de cuir. « Je t'ai apporté quelque chose, moi aussi », dit-il en tendant le cylindre à Chrysis. Elle défit le cordon et ouvrit la liasse, avant de la lisser à plat sur la table.

« C'est l'histoire que j'écrivais dans mon carnet ce soir d'hiver, au Select, dit Bogey. La première fois que nous nous sommes vus. Je voudrais que tu attendes que je sois parti, demain, pour la lire. »

Cette nuit-là, ils firent l'amour avec une tendresse fébrile, exacerbée par la perspective de leur séparation prochaine, et ils dormirent tendrement enlacés, l'un contre l'autre, comme ils l'avaient toujours fait, comme s'ils étaient les deux moitiés d'un seul être. Ils se réveillèrent au milieu de la nuit et firent l'amour de nouveau, et une troisième fois à l'aube. Bogey serra Chrysis fort dans ses bras, elle lui rendit son étreinte et il sentit ses seins contre sa poitrine, son sexe tendu contre le sien, et elle sentit sa poitrine contre ses seins, son sexe gonflé contre le sien, tous deux éprouvant cette impression familière, à nouveau, et pour la dernière fois, qu'ensemble ils n'étaient qu'un.

« Je reviendrai, je reviendrai te chercher, chuchota Bogey dans son oreille. Tu le sais, n'est-ce pas, chérie ?

— Oui, chuchota Chrysis à son tour. Je le sais, mon amour. »

Ils se levèrent et s'habillèrent sans parler ; le jour commençait tout juste à poindre. Ils avaient tous deux la gorge serrée devant la perspective si proche et si réelle de leur séparation. Bogey descendit régler la note auprès de l'aubergiste et prendre les dispositions nécessaires pour que sa malle soit portée au bateau. Puis ils firent une dernière promenade autour du port, où les pêcheurs étaient en train de préparer leurs bateaux pour la sortie du matin.

« Je me suis toujours senti particulièrement à mon aise avec les gens qui travaillent à l'extérieur, dit Bogey tandis qu'ils contemplaient les hommes à l'œuvre. Ceux qui accomplissent les travaux physiques font tourner le monde. C'est drôle que je me sois retrouvé à travailler comme barman dans un bordel à Paris – dans un lieu clos, dont les persiennes étaient toujours fermées… Si je savais nager, peut-être que je resterais ici, que je deviendrais pêcheur, au lieu de rentrer et devenir éleveur de bétail. »

Chrysis se planta face à lui, lui saisit les bras, qu'elle serra fort et plongea son regard dans le sien. « Fais-le, Bogey. Je t'en prie, fais-le. Je t'apprendrai à nager. »

Il posa sa main tendrement sur sa joue et sourit. « Si seulement je le pouvais, ma chérie. Je t'assure, j'aimerais tant pouvoir... »

Bogey ouvrit le sac de voyage en cuir qui contenait les modestes effets dont il avait besoin pour la traversée. Il en sortit un petit appareil photo. « Jerome m'a donné ça le jour de mon départ, dit-il. Je n'ai pas voulu lui faire de peine et lui avouer que je ne m'intéresse pas beaucoup à la photographie. Mais je viens de me rendre compte que je n'ai pas une seule photo de toi à remporter avec moi. La lumière est suffisante. Avance un peu sur le ponton, là, puis retourne-toi vers moi. Et souris. Je veux me rappeler de toi souriante. »

Chrysis fit comme Bogey l'avait demandé ; elle prit la pose sur le ponton et il la photographia. Puis, dans un silence lourd d'émotion, ils marchèrent le plus lentement possible jusqu'au port principal où étaient amarrés les gros bateaux. Lorsqu'ils atteignirent le mouillage du S.S. *Leviathan*, ils constatèrent que l'embarquement des passagers avait déjà commencé.

Chrysis tendit à Bogey sa boîte en fer de Craven « A ». « Prends-les avec toi, dit-elle. Je t'imaginerai debout sur le pont, seul, la nuit, le regard perdu sur l'océan, en train de fumer et de penser à moi. »

Épilogue

In memoriam

Gabrielle Odile Rosalie « Chrysis » JUNGBLUTH Boulogne-sur-Mer, 23 janvier 1907 – Trinité, Martinique, 3 mai 1989

Bogart Lambert ne retourna jamais en France. À la fin du mois d'octobre 1929, le dernier jour du Salon d'automne à Paris, où Chrysis exposait, la Bourse de New York s'effondra, accélérant le début de la longue crise qui allait se répandre dans le monde entier. La banque locale à North Park, dans le Colorado, fit faillite et la famille de Bogey perdit les quelques économies qu'elle avait ; il s'en fallut de peu qu'elle perde aussi le ranch. Mais, en grande partie grâce au retour de leur fils, les Lambert réussirent à survivre à ces années difficiles.

Jules Pascin se pendit dans son atelier en juin 1930 et cet événement violent marqua la fin des Années folles à Montparnasse, un peu comme la mort de Modigliani avait ouvert la décennie en 1920. Chrysis se joignit aux milliers de personnes endeuillées qui suivirent en cortège le cercueil de Pascin lorsqu'on le porta de son atelier sur le boulevard de Clichy au cimetière de Saint-Ouen.

Bogey et Chrysis entretinrent une correspondance régulière pendant plus d'un an après son départ, puis, comme cela arrive fréquemment, leurs lettres s'espacèrent progressivement et, finalement, leurs échanges cessèrent. Chrysis exécuta la plupart de ses œuvres les plus réussies et les plus sensuelles de sa carrière pendant ces premières années, entre 1928 et 1932. En 1931, elle se fiança à un jeune architecte prometteur à Paris – une alliance qui avait été essentiellement arrangée par leurs parents. Dans une lettre adressée à une tante en Vendée, le colonel Jungbluth décrivait son futur gendre avec ces mots empreints de fierté : un « grand et beau garçon, très travailleur… ». Cependant, plusieurs mois avant la date prévue pour le mariage, Chrysis rompit les fiançailles. Elle était parvenue à la conclusion irréfutable que son cœur ne brûlait pas du feu requis pour ce garçon, qui, en fin de compte, était tout simplement trop conventionnel pour elle. En tout cas, lorsque le moment viendrait, elle préférait choisir son mari seule plutôt que d'en laisser le soin à son père.

En 1935, Chrysis, alors âgée de 28 ans, était toujours célibataire, au grand dam du colonel Jungbluth, qui écrivit à la même tante : « Ma fille n'est pas encore mariée, c'est bien difficile aujourd'hui… il y a eu tant de bouleversements que les jeunes hommes dans sa situation n'ayant pas été atteints par la crise sont rares et il faut beaucoup d'argent pour vivre. Alors, des deux côtés on est prudent et les occasions de faire un mariage bien assorti sont rares. »

Un soir, en 1936, alors qu'elle était allée danser au Bal nègre, Chrysis rencontra Roland Narfin, un jeune Martiniquais étudiant en médecine. De cinq ans son cadet, Roland était un grand gaillard, beau et charismatique, et un merveilleux danseur. Chrysis lui demanda s'il voulait bien venir à son atelier le lendemain pour qu'elle fasse son portrait.

Roland et Chrysis tombèrent amoureux et, le 18 août 1938, ils furent mariés lors d'une cérémonie civile à la Maison commune, par M. Émile Rothschild, l'adjoint au maire du XIVe arrondissement. La mère de Chrysis, Marie-Reine, fut une des témoins ; l'absence du colonel Jungbluth à la cérémonie fut remarquée. On peut imaginer ce qu'il pensait du mariage de sa fille avec un homme noir originaire de Martinique.

Roland termina ses études et devint médecin dans l'armée française. Chrysis et lui restèrent en France pendant les années terribles de la Seconde Guerre mondiale et passèrent presque toute la période de l'Occupation à Paris. Comme Roland soignait les soldats blessés, les nazis lui avaient donné un sauf-conduit qui lui permettait de se déplacer avec une relative liberté.

Avant le début de la guerre, le colonel Jungbluth et son épouse s'étaient installés dans une maison de famille à Rocheservière, en Vendée. Bien que Marie-Reine, la mère de Chrysis, ait treize ans de moins que son mari, elle mourut d'un cancer le 21 mars 1940, à l'âge de 61 ans.

Après le décès de sa mère, Chrysis passa autant de temps qu'elle put avec son père en Vendée, pendant les absences de Roland, occupé à soigner des vétérans de guerre dans différents hôpitaux de campagne et dispensaires. Le colonel Charles Jungbluth – officier breveté d'état-major, commandeur de la Légion d'honneur, croix de guerre, huit citations – mourut d'une crise cardiaque en Vendée le 13 septembre 1943 à l'âge de 76 ans.

Pendant les années trente et même les premiers temps de la guerre, ainsi qu'immédiatement après, Chrysis Jungbluth continua à exposer ses œuvres dans les grands salons à Paris et dans des manifestations privées. En 1948, Roland et elle quittèrent la métropole pour aller vivre en Martinique, où il s'installa comme médecin et où ils resteraient la plus grande partie de leur vie de couple. Chrysis garda un atelier rue Boissonade à Paris jusqu'au début des années soixante-dix et elle retourna parfois en France pendant cette période pour rendre visite à sa famille en Vendée. Mais, en partant en Martinique, une île où il n'existait pas vraiment, dans les années quarante, cinquante et soixante, une communauté artistique dynamique, elle sacrifia en grande partie sa carrière à sa vie avec Roland et elle fut véritablement oubliée par le monde de l'art parisien. Il reste que l'une de ses premières œuvres, des plus réussies, *Le Bal Tabarin*, qui fut peinte à l'époque où la jeune Chrysis était complètement fascinée par la vie nocturne à Paris, fut intégrée dans une grande exposition d'artistes français à Milan en 1961.

Chrysis continua à peindre pendant ses années en Martinique et on la voyait fréquemment sur l'île en train de dessiner des scènes de la vie quotidienne. Mais son travail semble avoir grandement perdu l'allégresse passionnée de ses œuvres de jeunesse. Cependant, elle ne regrettait pas vraiment d'avoir renoncé à sa carrière, parce que Roland et elle étaient très heureux, et leur grande histoire d'amour dura un demi-siècle.

Chrysis Jungbluth mourut dans la maison du couple en Martinique le 3 mai 1989, à l'âge de 82 ans. Lorsque le couvercle en béton de sa tombe se ferma, avec un ultime écho avant l'éternité, Roland, son époux, laissa échapper un cri de douleur épouvantable. C'est ce que rapportent les personnes qui l'accompagnaient ce jour-là.

En arrivant dans le Colorado, Bogart Lambert découvrit que, lorsqu'il avait été porté disparu et présumé mort en France, son ancien ami légionnaire Fred Dunn, du Texas, auprès de qui il avait laissé ses carnets, les avait renvoyés chez ses parents au ranch, à son retour de guerre.

Bogey avait écrit un dernier texte pendant sa traversée, une histoire sur Chrysis, leur histoire d'amour et son départ de France. Si l'on en croit les sources disponibles, ce fut la dernière fois qu'il écrivit et, au ranch, il rangea tous ces carnets dans la cantine qu'il avait rapportée avec lui ; il l'entreposa dans la sellerie, à l'écurie.

Bogey se rendit rapidement compte que toutes les filles avec qui il avait grandi étaient mariées depuis longtemps et avaient des enfants, ou bien ne vivaient plus à North Park. Après plus de dix ans en Europe, ses années en France, et surtout après avoir connu Chrysis à Paris, il trouvait les femmes de sa région inintéressantes et incompréhensibles. En plus du français, il semblait avoir appris un nouveau langage de l'amour qui ne se traduisait pas bien dans les usages de l'Ouest rural des États-Unis.

Mais Bogey voulait fonder une famille et, en 1932, sur un coup de tête, il écrivit une lettre à Lola, la fille de la propriétaire de la maison close du port de New York.

Elle lui répondit, en lui disant que Mona, sa mère, était décédée et que c'était elle qui dirigeait l'établissement. Ils commencèrent à correspondre et Lola finit par prendre un train vers l'ouest pour aller passer deux semaines avec Bogey au ranch. Six mois plus tard, ils étaient mariés ; ils auraient deux fils et une fille.

Bogey ne quitta plus jamais le ranch, sauf pour se rendre à des ventes de bétail ou de chevaux ou, de temps en temps, à un rodéo où l'un de ses enfants concourait. Il avait encadré le dessin que Chrysis lui avait donné et il l'avait accroché sur le mur dans son petit bureau. Il rangea l'unique photo qu'il avait d'elle dans la boîte en fer-blanc marquée Craven « A » et garda les deux objets au fond d'un tiroir de son bureau. Il ne parvint jamais à oublier cette jeune femme ni ces années extraordinaires à Paris et, malgré le bonheur qu'il trouva dans son long mariage, elle resta, jusqu'au jour de sa mort, le grand amour de sa vie.

L'épouse de Bogey, Lola, mourut d'un cancer au printemps 1977. Leurs trois enfants avaient quitté la région depuis longtemps ; leur fille avait épousé un banquier de Grand Island, dans le Nebraska, et leurs fils poursuivaient leur carrière dans d'autres États. Bogey se retrouva seul au ranch et, en octobre 1979, à l'âge de 80 ans, alors qu'il ramenait des bêtes des estives vers un pâturage que lui louait le service des Forêts dans la montagne, son cheval mit le pied dans un terrier de blaireau, tomba et écrasa son cavalier. Le cheval s'était cassé la patte et Bogart Lambert, la poitrine enfoncée, trouva juste assez de force pour dégainer le Colt .45 de son grand-père et mettre fin aux souffrances du pauvre animal. Deux jours plus tard, un employé du service des Forêts découvrit le corps de Bogey toujours coincé sous celui de son cheval.

Les terres des Lambert furent rachetées aux héritiers par un rancher du voisinage et la maison et l'écurie abandonnées par le nouveau propriétaire ; elles furent colonisées par les sconses et les rongeurs, avant de s'écrouler pour retourner à la terre. Vingt ans plus tard, un journaliste curieux inspectait la propriété lorsqu'il tomba sur une vieille cantine dans les restes de la sellerie. Il força le cadenas et découvrit quatorze carnets intégralement remplis, avec des centaines d'histoires jamais publiées écrites entre 1916 et 1929, toutes datées et signées par Bogart Lambert.

Bogey avait visiblement eu un pressentiment sur sa mort imminente ; à la fin du dernier texte, qu'il avait écrit en 1929 sur le bateau qui le ramenait aux États-Unis, il y avait une note ajoutée sur la dernière page, de sa main, datée de moins de trois semaines avant l'accident qui lui coûta la vie.

Il arrive, très rarement, qu'on ait la chance et le bonheur de vivre un grand amour au cours de sa vie. Il arrive, encore plus rarement, que cet amour survive, perdure jusqu'à ce que la mort sépare ceux qui s'aiment. Le plus souvent, la vie se déroule dans une série de petites bulles de temps distinctes, où elle demeure pendant un moment, ensuite, avant même qu'on s'en rende compte, elle devient autre et autre encore après. Les gens entrent et sortent de notre vie, ils meurent, nous mourons, les rêves finissent par s'estomper, ou être remplacés par d'autres rêves, ou souvent par rien, l'absence de rêves. Les Français ont une manière simple, fataliste, d'exprimer les vicissi-

tudes et les changements de la vie. C'est comme ça*, *disent-ils en haussant les épaules. Aujourd'hui, à la fin de ma vie, je suis heureux de pouvoir emporter dans la tombe un rêve qui ne m'a jamais quitté, le souvenir merveilleux de l'amour.*

Bogart Lambert
Crazy Horse Ranch, North Park, Colorado
Le 28 septembre 1979

Remerciements

Curieusement, j'ai effectué plus de recherches pour ce court roman que pour tous les autres que j'ai écrits ; j'ai bénéficié de l'aide d'un grand nombre de personnes, envers qui j'ai une dette immense et qui méritent toutes d'être remerciées.

Mon voyage commença à Boulogne-sur-Mer, où Gabrielle « Chrysis » Jungbluth était née, et c'est là que l'archiviste à la mairie, Véronique Delpierre, me donna une copie de l'acte de naissance de Chrysis ; ce jour devait marquer le point de départ de mon exploration de sa vie. Prenant sur son temps personnel, Mlle Delpierre décida, de sa propre initiative, d'effectuer des recherches qui me furent extrêmement précieuses.

Je remercie aussi Juliette Jestaz, la bibliothécaire de la bibliothèque de l'École nationale supérieure des beaux-arts, pour son aide et ses conseils efficaces et enthousiastes, qui me montrèrent la voie.

Je remercie le professeur Claude-Henri Chouard, historien au Salon des indépendants, de m'avoir fourni des données d'archives sur le long partenariat que Chrysis Jungbluth a entretenu avec cette vénérable institution.

Que soient remerciés tous les membres du personnel, si aimables et dévoués, de la Bibliothèque nationale de France, où j'ai passé plusieurs jours inoubliables à poursuivre mes recherches pendant l'hiver 2011. Je suis extrêmement fier de posséder la carte d'abonné qui m'ouvre les portes de ce magnifique édifice. J'adresse les mêmes remerciements aux employés de la bibliothèque de l'Institut national d'histoire de l'art qui m'ont aidé avec tant de gentillesse et de bonne volonté. Parmi eux, je souhaite citer tout spécialement Emmanuelle Royon, qui a exploré certaines pistes pour moi, aussi bien dans son institution qu'aux Archives nationales.

Je voudrais exprimer toute ma gratitude à mon amie Sabine Mille, attachée de presse, qui m'a fourni une aide précieuse lorsque j'ai commencé à fréquenter tous ces lieux, qui peuvent parfois ressembler à un dédale administratif tout à fait intimidant pour un étranger dont la maîtrise du français est limitée.

Mon fidèle éditeur, Arnaud Hofmarcher, sans qui je n'aurais jamais été publié en France, m'a mis en contact avec les Archives généalogiques Andriveau. Je le remercie pour cela, et pour son indéfectible soutien et son amitié. Je remercie aussi les remarquables personnes chez Andriveau, qui m'ont donné les informations grâce auxquelles j'ai pu rencontrer la famille de Roland Narfin, le mari de Chrysis, en Martinique, et un de ses neveux, Franz Narfin, qui m'a amené jusqu'à la propriété où Chrysis et Roland avaient vécu ensemble pendant tant d'années.

Je suis particulièrement reconnaissant à ma chère amie Dominique Doutrepont, qui m'a accompagné en Martinique pendant l'hiver 2012 et qui non seulement a été une délicieuse compagne de voyage, mais qui m'a été aussi d'une grande aide pour suivre la piste de Chrysis de la métropole à cette magnifique île des Caraïbes.

En Martinique, Clément Relouzat, un autre neveu de Roland Narfin, qui vivait dans la propriété familiale, nous a reçus avec une gentillesse et une générosité extraordinaires ; il nous a montré des photographies et des documents, des objets personnels de Chrysis, les premiers qu'il m'ait été donné de voir. M. Relouzat n'a cessé d'être une intarissable source d'informations et une présence à mes côtés tout au long de mes recherches ; j'ai envers lui une dette immense. Je voudrais aussi remercier son adorable mère, Solange Relouzat, qui, avec le même sens de l'hospitalité, m'a invité à déjeuner chez elle à Paris et m'a fait l'honneur de partager avec moi de précieux souvenirs de famille et des photographies de Chrysis. Je tiens également à remercier M. et Mme Christie Narfin, qui m'ont accueilli chez eux à Paris pour me montrer certains des premiers travaux de Chrysis.

Parmi les membres de la famille Jungbluth, je remercie chaleureusement Jacqueline Jungbluth, la filleule de Chrysis ; elle m'a donné accès à des lettres personnelles de Chrysis et de son père, le colonel Charles Jungbluth.

Merci à mon amie Karine Meyronne de m'avoir fait partager ses connaissances sur les activités maritimes pendant la Grande Guerre et d'avoir échangé avec moi sur ce que peut être l'éveil érotique d'une jeune femme.

Mon amie Amy Metier, peintre de grand talent, a également joué un rôle essentiel en m'aidant à comprendre les techniques et motivations intemporelles propres à son activité, ainsi que celles d'une jeune femme peintre, quelle que soit son époque. Qu'elle soit chaleureusement remerciée.

Je suis particulièrement reconnaissant à ma traductrice et amie, Sophie Aslanides, de m'avoir si généreusement fait participer à son brillant travail de traduction sur ce roman.

Enfin, je voudrais exprimer toute ma gratitude et mon amour à ma belle-fille, Isabella Tudisco-Sadacca, dont la mère, Mari Tudisco, a été celle qui nous a mis sur la piste de la jeune Chrysis Jungbluth. Isabella m'a non seulement donné des conseils avisés sur la structure de ce roman, mais elle m'a aussi fourni des éléments inestimables concernant les énergies, les processus de réflexion et les élans passionnés d'une jeune artiste – un domaine dont il n'est pas toujours aisé, pour un romancier d'un certain âge, de percevoir toute la richesse.

Jim Fergus, Paris, janvier 2013